KB189960

맹그로브 숲을, 읽다

맹그로브 숲을 , 읽다

초판 1쇄 발행 2024년 10월 25일

지은이 서정애
편집인 옥기종
발행인 송현옥
펴낸곳 도서출판 더블:엔
출판등록 2011년 3월 16일 제2011-000014호

주소 서울시 강서구 마곡서1로 132, 301-901
전화 070_4306_9802
팩스 0505_137_7474
이메일 double_en@naver.com

ISBN 979-11-93653-25-8 (03810)

맹그로브 숲을, 읽다

서정애 수필집

더블:엔

이 작 가 를 주 목 한 다

안성수 (문학평론가, 제주대 명예교수, 〈수필오디세이〉 발행인)

21세기 들어, 작가들이 글쓰기의 주권을 심각하게 위협받고 있다. 이러한 위기는 현대 과학 기술의 총아인 AI 작가가 문학과 예술의 창조 기능까지 침범해 오는 놀라운 현실 속에서 빠르게 다가오고 있다. 세계 예술계 또한 초미의 상황에 직면하여, 그들이 결코 범접할 수 없는 인간 고유의 진정성과 영성을 새로운 에피스테메(epistēmē)로 삼아 창작 주권의 보호에 나서고 있다.

수필도 예외가 아니지만, 다행히 나름의 복안을 갖고 있다. 수필은 한마디로 개인의 실제 체험을 깊이 있게 성찰하여 그 깨달음을 고백하는 관조의 문학이다. 장르 차원에서 수필의 본질과 정체성은 여느 장르도 따라올 수 없는 독자성을 지닌 데다가, 창작 과정에서 작가가 부리는 영적 몰입 통찰의 메커니즘은 가히 인간탐구의 질적 우위를 선점한다. 그런데도 주위에는 여전히 수필을 붓 가는 대로 쓰는 글로 이해하거나, 문학성과 철학성이 빈곤한 글쓰기에 안주하는 작가들이 많은 실정이다.

이런 문단 상황 속에서 서정애 작가의 등장은 매우 신선하다. 2020년 제주일보 신춘문예를 통해 등단한 이 작가는 여러 미덕을 겸비한 차세대 기대주로서 높이 평가 받은 바 있다. 그는 단단한 문장력으로 자기만의 글 세계를 구축하여 문학적으로 형상화하는 탁월한 능력을 보여주었다. 이러한 성취는 타고난 재능 외에, 창작 공부를 꾸준히 지속해 온 도반들과의 습작 활동도 큰 도움을 주었으리라 믿는다.

첫 창작집《맹그로브 숲을, 읽다》는 수필가로서의 재능과 장점들을 거침없이 내보인다. 이 수필집을 깊이 읽다 보면 작품 곳곳에서 빛을 발하는 몇 가지 특성에 놀란다. 먼저, 풍부한 우리말 어휘를 적재적소에 활용하는 능력이다. 우리가 까마득하게 잊고 살았던 다정다감한 고유어들을 풋풋하게 되살려내어 생명을 불어넣는 언어 활용 능력은 박수갈채를 받을 만하다. 이야기를 자연스럽게 풀어내는 서사 조직 능력과 서사 자체를 흥미롭게 들려주는 이야기꾼으로서의 재능도 만만치 않다. 특히, 적절한 제재를 보조관념으로 선택하여 원관념을 형상화하는 비유 구조의 사용 능력은 작가의 기본기에 대한 높은 신뢰를 갖게 한다. 게다가, 액자와 객관적 상관물 등을 사용하여 이야기를 문학적으로 구조화하는 기법도 안정되어 있다.

그뿐만이 아니다. 묘사와 장면 제시 등의 보여주기 문장과 과하지 않은 수사법으로 사건과 분위기를 감칠맛 나게 그려내는 능력은 서정애 작가만의 개성 있는 문체를 형성하는 데 이바지한다. 특히, 사물과 인생의 이치를 함유한 서사적 이야기를 따뜻한 감성에 담아 들려주는, 이른바 서사와 서정의 조화 능력은 작품에 대한 공감력을 한껏 드높인다. 자신의 고유한 삶의 방식인 자기 철학과 자기 미학을 명쾌하게 내보이는 글쓰기 전략은 작가의 솔직한 성격이나 천성과 무관하지 않다. 그런 이야기의 솔직성이 독자를 자연스럽게 설득하는 미적 힘으로 작용한다.

이 첫 작품집은 불과 등단 4년 만에 일군 수필집이라는 점에서 작가로서의 발전 가능성을 충분히 보여준다. 짧은 시간에 한 권 분량의 작품을 쓰는 일도 쉽지 않지만, 그의 작품에서 발견되는 이야기성을 비롯한 흥미성, 개성, 서정성, 철학성, 문학성, 어휘력 등은 그의 타고난 작가로서의 재능을 보여주는 지표들이다. 더욱 중요한 사실은, 수필집《맹그로브 숲을, 읽다》가 작가의 뜨거운 창작 의지와 장인정신으로 탄생시킨 영혼의 거처라는 점이다. 좋은 글은 누에가 고치를 틀 듯이 저절로 써지는 게 아니라, 작가의 몸(body)과 혼(soul), 영(spirit)의 합작품이기 때문이다.

서정애 작가의 창작 의식 속에는 늘 심리적 양면성이 힘을 겨룬다. 이를테면, 작가의 현실적 자아에는 외향적이고 현실 지향적인 아니무스가 잠재하여 직설적이고 도전적이며 욕구 지향적인 특성을 보여준다. 반면에, 그의 내적 자아는 내향적이고 낭만적인 욕구가 강하다. 첫 수필집 속에는 이런 양면성이 절묘하게 어우러져 독자의 마음을 끄는데, 이는 내적 자아와 외적 자아 간 갈등을 늘 깨달음으로 포용하여 해결하는 작가의 인생철학 덕분이다. 또한, 그는 생의 갈등을 내적 성찰과 수필 쓰기로 성숙시키면서 자기 치유와 실존적 자아의 영토 확장을 위해 절차탁마의 노력을 기울인다.

개성 있고 재기발랄한 서정애 작가의 문학적 미래를 위해 한두 가지 당부하고 싶다. 무릇, 작가란 숙명적으로 자신의 한계를 뛰어넘어 끊임없이 새로운 세계를 열어나가는 자임을 기억해 주길 바란다. 그 길은 늘 타는 목마름으로 현재보다는 더 바람직한 내일의 명작을 잉태하기 위한 도전이자, 작가 자신을 제재나 우주와 합일시키는 몰입적 글쓰기에서 주어진다. 이런 꿈을 안고, 자신만의 개성과 독창적인 작법을 계발하고 감성과 이성, 영성의 하모니를 문학적인 울림으로 들려주는 격조 높은 인간학의 탐구자가 되었으면 좋겠다.

진정한 작가의 길은 끊임없는 자아의 탈각(脫殼)과 우화(羽化)의 길이다. 부디, 삶과 존재를 에워싸고 있는 무수한 허상의 껍질들을 벗겨내면서 자연과 우주의 본질과 교통하는 만물조응의 작가로 성장하길 빈다. 그래서 머지않아 21세기 한국수필을 이끄는 동량으로 우뚝 서서, 독자들의 큰 사랑을 받는 작가로 대성하기를 기원한다.

서정애 작가의 문운과 찬란한 앞날을 축원한다.

작 가 의 말

───

　누군가의 지나가는 말 한 마디에도 마음이 쉽게 베이거나 구겨지
곤 했습니다. 늦깎이 입문한 상담심리학을 공부하면서 엄마의 충분
한 사랑을 받지 못해서 그렇다는 것을 알았습니다. 이제, 할머니 댁
에 어린 나를 맡겨놓고 생계를 위해 도회로 나가실 수밖에 없었던 어
머님의 아픈 마음을 헤아릴 수 있게 되었습니다.

　수필에 입문하면서 제일 먼저 어머니 얘기를 풀어내고 싶었습니
다. 여자이기에, 배우지 못해, 가난하여…. 숙명으로 여기며 꾹꾹 누
르고 살았던 당신 삶의 궤적을 볕 좋은 곳으로 불러내어 맑은 바람에
씻겨드리고 싶습니다. 부당하고 안타까운 시간의 갈피들을.
　봄이면 낡은 타이즈 위로 허연 살비듬이 떨어지던, 마른버짐 핀
일곱 살 상고머리 계집아이에게 따뜻한 미소를 보냅니다. 웅크리고
있는 내 속의 '어린 나'의 어깨를 감싸 안아야겠습니다. 자라지 못한
'그 아이'를 이젠 떠나보낼 수 있을 것 같습니다.

당신이 뛰놀던 고향 타래산 언덕에 누워계신 아버지 영전에, 속이 상할 때면 '내가 산 세월은 소설로 쓰면 몇 권은 될 끼다.'라며 한숨짓던 어머니께 첫 수필집을 올립니다.

뜰을 가꾸며 산 지 20년이 되었습니다. 흙을 만지는 시간은 기도와 명상, 치유였습니다. 그 기운으로 궁핍한 언어를 갈고 다듬어 함축미 있는 문장을, 운율이 흐르는 수필을 쓰겠습니다.

습작의 한계에 맞닥뜨릴 때마다 도움이 될 만한 책을 권하며 다독여주던 도반인 남편에게 고마움을 전합니다. 수필 세계로 이끌어주신 김영식 선생님과, 이슥한 밤까지 함께 열띤 공부를 했던 윤슬수필 회원들께 감사드립니다.

2024. 10.
포항 돌채에서, 서 정 애

차 례

1장
붉은사슴이
사는 동굴

2장
그녀가 가만히 팔짱을 낀다.
곁점처럼

3장
자작나무
사이로

4장
맹그로브 숲을,
읽다

PART 1

붉은 사슴이 사는 동굴

붉은사슴이 사는 동굴

붉은 불빛 한 줄기가 게슴츠레 눈을 뜬다. 확대기에 필름을 끼우고 적정 빛을 준 인화지를 바트에 넣고 흔든다. 마지막 수세를 거치면 흑과 백의 피사체가 서서히 드러날 것이다. 액체 속의 인화지를 살짝 흔들어준다. 비로소 필름 속에 갇혀있던 사물이 제 존재를 드러낸다.

중국 윈난성에는 '붉은사슴동굴'이 있다. 동굴 벽면에 붉은사슴이 그려져 있다. 일만 오천 년 전쯤의 벽화로 추정된다고 한다. 사슴은 큰 뿔을 들이밀며 금방이라도 벽을 박차고 나올 듯 뒷다리를 앙버티고 있다. 빙하기에 살았다는 붉은사슴동굴인은 어떤 연유로 캄캄한 곳에서 벽화를 그렸던 것일까. 주술이나 신앙의 표현이었겠지만 자연의 위대함을 빌려와 자신의 소망을 거기에 투영한 게 아니었을까. 혼신의 힘을 다하여 날카로운 돌도끼로 음각을 하며 동물의 윤곽을, 그리고 마침내 붉은 안료를 입혀 완성할 때까지.

　네 살 때부터 할머니 슬하에서 자라났다. 객지에서 맞벌이를 했던 젊은 부모님은 나를 돌볼 수가 없었다. 봄가을 추수와 명절에만 왔던 엄마가 떠나고 나면 좁고 어두컴컴한 다락으로 숨어들었다. 어둠과 햇살이 반반 섞인 천장 낮은 그곳은 나의 유일한 위안처였다. 엄마 보고 싶은 마음을 인형처럼 껴안고 잠이 들었다. 꿈속에선 언제나 엄마가 등을 보이며 떠나고 있었다.
　도시는 유약한 아버지에게 설 자리를 쉬이 내주지 않았다. 아버지가 일거리를 찾아 도시 변두리를 헤맬 동안 엄마는 내 키만큼 쟁인 마늘 접을 머리에 이고 나가 난전 한 귀퉁이에 부렸다. 때글때글한 햇볕을 헤진 머릿수건 하나로 받아내며 마늘 접이 줄어들길 기다렸다. 꼬챙이처럼 말라가는 당신 몸에선 늘 마늘 냄새가 났다. 네 명의 가족이 살기엔 단칸방은 구겨진 종이상자처럼 좁기만 했다. 젖먹이 동생을 업고 행상을 나선 엄마가 돌아올 때쯤이면 언제나 계절이 바뀌어 있었다.
　문간방, 찌그러진 쪽문을 열면 바로 부엌이었다. 한기 가득한 그곳에 쪼그리고 앉아 조막만한 손으로 쌀을 씻고 설거지를 했다. 여름이면 빛이 들지 않아 습기 때문에 늘 축축했으며 몸에는 자꾸 붉은 습진이 생겼다. 나의 유년은 동굴 같은 반지하에 담겨 흘러갔다.

나는 동물 사진을 즐겨 찍는다. 최대한 근접촬영을 해야 하므로 매번 숨 막히는 긴장감이 흐른다. 언젠가 산 너머 목장에서 탈출한 사슴이 동네 과수원에 내려오기 시작했다. 가족인 듯 네 마리가 무리 지어 다니던 그들은 며칠 간격으로 눈에 띄었다. 사슴을 찍으려고 과수원 비알*에 숨어 반나절을 기다렸다. 마침내 녀석들이 내 앞에 나타났다. 먼 산을 응시하는 눈, 미세한 벌레들의 소리를 감지하려는 듯 쫑긋하게 오므린 귀, 바람의 냄새까지 맡으려는 듯 실룩이는 코…. 호흡을 멈추고 셔터를 눌렀다. '찰칵' 카메라에 붙잡혔다 싶은 순간 녀석들은 덤불 저쪽으로 달아나고 말았다.

어릴 때 사랑을 제대로 받지 못하고 성장했기 때문일까. 어른이 되어서도 사람들과 어울리는 데 서툴렀다. 외톨이가 된 나는 스스로를 가두었다. 때로는 경계를 넘어 내게로 오는 선의의 사람까지 배척했다. 세상 사람들의 눈을 지나치게 의식했고 조금이라도 비켜섰다 싶으면 자책하고 불안해했다. 그럴 때

---

*비알 : '비탈'의 방언(강원, 경기, 경상, 충청)

사진이 내게로 왔다. 사진은《양철북》의 오스카처럼 제대로 자라지 못한 유년의 나에게 손을 내밀었다. 동굴 속에 칩거하고 있는 나를 불러내어 더는 슬퍼하지 말라고 토닥여주었다. 오랜 어둠을 뒤로하고 세상 밖으로 한 발짝 내밀던 날의 그 눈부심을 기억하고 있다.

창문을 닫고 불을 끄고 커튼을 내리면 암실엔 붉은 불빛만 가늘게 비친다. 붉은빛은 파장이 길어 인화지에 영향을 미치지 않기 때문이다. 암등이라는 그 불빛에만 의지해서 인화 작업을 시작한다. 원하는 색감을 얻을 때까지 노광량 조절을 반복한다. 약품 속에서 인화지를 흔들다 보면 손가락이 갈라지곤 했다. 사진은 단순한 기록이 아니라 사물에 투영된 나였고 외부 세계와의 소통이었다. 동굴 속에 갇힌 '어린 나'를 동굴 밖으로 이끄는 매개체였다.

언젠가 TV 영상을 통해 몽골 흡스굴 호수 근처의 산악에 살고 있는 붉은사슴을 본 적이 있다. 몸무게 사백 킬로그램에 달할 정도로 덩치가 크고 암수가 따로 무리 지어 살며 짝짓기 때만 만난다고 한다. 동네에 간간이 내려오던 사슴보다 더 컸다. 해발 삼천 미터의 눈 덮인 산에서 고립을 즐기며 당당하게 살아가는 붉은사슴의 매력에 흠뻑 빠졌다. 언젠가 흡스굴을 찾아가 보리라.

일본 작가 사이토 다카시는 혼자일 수 없다면 앞으로 나아갈 수 없다고 했다. 그 시간은 자신만의 세계를 만들어 정신적인 성장을 가져온단다. 사진은 누구의 방해도 받지 않고 촘촘히 시간을 채집하며 혼자서 즐길 수 있는 세계이다. 또한 내가 해석한 세계를 그대로 드러내 주는 강력한 매체이다. 자신과 마주하는 그 순간에는 함께 있을 때 깨닫지 못한 내면의 더 큰 나와 만날 수 있었다.

인간은 태어나서 어른이 되기까지 온갖 상처를 받으며 성숙해 가는지도 모른다. 장수잠자리가 애벌레에서 몇 번의 탈의를 통해 성충이 되어가는 것처럼. 삶이 마디마다 상처와 지혜가 정교하게 얽혀있는 퍼즐 판이라면 혼자만의 견고한 시간은 그것을 완성해줄 수 있는 열쇠는 아닐런지.

어느덧 내 어릴 적 엄마의 나이 곱절 가까이 되었다. 자식들에게 아픔을 답습시키지 않으려고 애썼지만 어떻게 받아들여졌을지 모르겠다. 직장 일로 소홀히 한 적이 한두 번이 아니었기 때문이다. 그런 아이들도 이제 다 내 곁을 떠났다. 딸 둘은 제 삶을 찾아 일찌감치 이국으로 나갔고 아들마저 뒤따라 객지로 갔다. 아이들 셋이 모두 떠난 집은 깊이를 알 수 없는 동굴 같다. 적막 속으로 바람 소리만 윙윙거린다. 나는 또다시 어둠에 갇힌 걸까. 잠시 밀쳐두었던 카메라를 새로이 꺼내든 것도 그즈음이었다.

인화된 사진을 집게로 줄에 건다. 가느다란 빛이 허공을 음각한다. 어제 찍은 이슬 접사 사진이 종유석에서 떨어지는 물방울 같다. 문득 암실 한켠에서 붉은사슴의 울음소리가 들려온다. 저벅저벅 빙하기의 사람이 어둠을 밀치며 걸어 나오고 있다. 시원의 아득한 저 너머에서.

속 긋 을 긋 다

밧줄이 대롱거린다. 아찔한 벼랑의 너덜겅*이다. 줄 하나에
의지해 한 발 한 발 힘주어 내딛는다. 여차하면 미끄러져 덤불
숲 사이로 굴러떨어질 것 같다. 전날 내린 비로 미끈거리는 바
위를 딛는 것이 여간 힘든 게 아니다. 안간힘으로 발을 떼니 다
리가 후들거리고 힘이 쏠린 발가락이 아려온다. 새처럼 수직
하강할 수도 없고 되올라가기엔 엄두가 나지 않는다.

남편과 정남진 편백숲 정상에 올랐다. 무르익은 가을 들판
을 조망하다 경사가 심한 가느슥한 길을 보았다. 새로운 것에
흥미가 많은 나는 그길로 내려가고 싶었고, 남편은 올라왔던

---

*너덜겅 : 돌이 많이 흩어져 있는 비탈

쪽으로 편하게 내려가길 원했다. 팽팽히 맞서다 각자 하산하기로 했다. 낯선 길로 아내 혼자 보내는 그가 못마땅했지만 웬만한 산행에는 자신이 있어 혼자 가기로 마음먹었다. 제대로 된 속긋도 없이.

속긋은 글씨나 그림을 처음 배우는 아이에게 연습을 시키기 위해 가늘고 희미하게 그려주는 선이나 획을 말한다. 덮어서 쓰거나 그릴 수 있도록 본을 만들어주는 것이다. 처음에는 따라 쓰다가 어느 정도 지나면 그것을 버리고 자신만의 것을 만들게 된다. 삶에는 어떤 형태로든 속긋이 있기 마련이지만 내겐 그것들이 제대로 갖춰져 있지 못했다.

마늘 여남은 접을 이고 장에 간 엄마는 아무리 기다려도 오지 않았다. 열 살 계집애는 샛바람이 숭숭 들어오는 부뚜막에 쪼그리고 앉아 저녁밥을 지었다. 연탄아궁이덮개를 여닫으며 자주 시린 손을 비볐지만 추위는 종아리를 타고 스멀스멀 올라왔다. 집을 향해 부지런히 걸음을 재촉하고 있을 어머니 모습을 떠올렸다. 어쩌면 어머니가 나를 버리고 달아나버렸을지도 모른다는 걱정도 들었다. 외풍이 심한 방은 이불을 둘둘 말아 두르고 있어도 추웠다. 유년의 나는 늘 빈방에 찬밥처럼 담겨 있었다.

대학에 떨어지던 그해 봄빛은 유난히 아름다웠다. 누릴 수 없었기에 더 그랬는지도 모르겠다. "씨식잖은 계집애가 재수는 무슨…." 엄마의 말에 학원 수강은 엄두도 낼 수 없었다. 종일 햇볕 한 점 들지 않는 골방에 틀어박혀 지냈다. 바라지창 밖 세상은 너무 눈부셔서 이질감이 들었다. 아무것도 할 수 없다는 무력감이 외진 골목의 눈처럼 질척거렸다. 갈바람이 불 때쯤 눈칫밥으로 두세 달 학원 다닌 것이 고작이었다. 시간은 더디게 흘렀다. 세상의 글씨본은 나를 외면했고 보이는 것들도 너무 흐려 몇 번이나 고쳐 썼다. 나는 스스로 나의 속긋이 되어야 했다.

금세 끝날 것 같았던 너덜겅은 계속 이어졌다. 희미한 길이 보여 안도의 숨을 쉴라치면 다시 바윗길이 나타났다. 나뭇잎 떨어지는 소리가 들릴 정도로 사위는 적요했다. 숲속엔 험한 길과 나뿐이었다. 긴장으로 뻣뻣해진 몸에서 식은땀이 흘렀다. 혼자 낯선 길을 가도 상관하지 않은 남편에 대한 원망이 가쁜 숨과 함께 차올랐다. 서둘러 가려다 넘어져 팔꿈치에 피가 났다. 차근차근 내디뎌야 하는데 한달음에 건너뛰려는 욕심 때문이었다. 순간 이곳에 갇힐지도 모른다는 두려움이 엄습해왔다. 걸음을 뗄 때마다 '두렵지 않아, 괜찮아'라고 주문처럼 반복했지만 몸은 떨고 있었다. 정상에서 황금빛 들판을 바라보던 시간으로 되돌려지기를, 누군가 모든 게 장난이었다고 말해주기를 간절히 바랐지만 길은 더 깊어졌다.

마침내 빛바랜 산행 표지 리본을 발견했다. 허우적거리는 물속에서 지푸라기라도 잡은 심정이었다. 여전히 정확한 위치는 알 수 없었지만 적어도 산행로를 벗어나지 않았다는 안도감이 밀려왔다. 이제 그것을 따라 내려가기만 하면 되리라. 막다른 길에서 리본이 뚝 끊길 때는 방향을 어림잡아 나갔다. 성급한 마음을 내려놓고 나니 잡목 숲에 가려진 길이 눈에 들어왔다.

설을 쉰 얼마 후 대학합격 통지서가 날아들었다. 교사가 될 수 있다는 기쁨도 잠깐, 집에서는 입학금을 줄 수 없다고 했다. 한 살 터울 남동생의 대학진학이 우선이었다. 등록 마감을 하루 앞둔 밤, 막차로 시골 친구네에 갔다. 늦은 밤인데도 자당은 나를 기다리고 있었다. 한기로 덜덜 떠는 어깨를 담담히 안아줄 땐 참았던 눈물이 쏟아졌다. 큰돈을 스스럼없이 내어주던 자애로운 손은 한 줄기 구원의 빛이었다.

아르헨티나 최남단 우수아이아는 세상의 끝이다. 그곳에 등대가 하나 있다. 영화 〈해피 투게더〉에는 상처를 가진 사람들이 거기에 가서 슬픈 기억을 벗어버리는 장면이 나온다. 쉰 문턱을 넘으면서 버팀목이 없는 오이 넝쿨처럼 자라난, 방향을 잃은 채 땅바닥 위에서 뻗어나고 있는 줄기 같은 나를 보았다.

뒤늦게 상담공부에 뛰어들었지만 혼미했다. 흔들리는 날들이 계속되었고 그 갈피에 불쑥불쑥 우울이 끼어들었다. 속긋을 잃은 글씨는 다시 삐뚤빼뚤해졌다. 언젠가는 우수아이아에 가보리라. 그곳에 가면 슬픔을 벗고 새로운 나를 만날 수 있을지도.

수파리守破離는 검도의 수련과정이다. 입문기엔 사범이 가르치는 대로 따라하다가 자신만의 독자적인 스타일을 만들면 하산한다. 나는 제 것을 만들려 하기보다 남의 성취만 기웃거렸다. 욕망과 현실 사이에서 허둥대며 때를 놓치기 일쑤였다. 빗나간 획을 바로잡지 못했고 새로운 획을 그으려는 노력에도 게을렀다.

지나간 속긋을 톺아본다. 갈팡질팡 나의 글씨들 어디쯤엔 한숨도 있고 눈물과 기쁨도 배어 있다. 혼자 힘으로 여기까지 걸어온 줄 알았는데 삶의 어름마다 누군가 미리 그어준 속긋이 있었는지도 모른다. 그때는 결코 도움이 되지 않는다고 생각했던 것들이 내 안에 글씨본으로 새겨져 있었는지도.

첫 획은 중요하다. 그것은 다음 획을 데리고 오기 때문이다. 인생이라는 글씨를 잘 쓰기 위해서는 내가 가장 잘 할 수 있는 획을 먼저 그어야 할 것이다. 한 번 익힌 글씨체는 쉽게 고칠 수 없지 않았던가. 반듯하지 못했던 지난날의 글씨는 속긋의 문제가 아니라 나의 나약함 때문이었다.

드디어 숲을 벗어났다. 내려앉기 시작한 땅거미 속에서 녹슨 안내판이 보인다. '지형이 험준하고 대단히 위험하니 안전에 주의하라'는 안내문이 씌어 있었다. 빠질 듯한 발톱을 추스르며 주차장으로 들어섰다. 남편도 막 내려오고 있었다. 홀로 보내놓고 걱정 많이 했다며 어디 다친 곳은 없는지 묻는다. 사실은 다리 관절이 약해 경사진 내리막길로 함께 갈 수 없었다는 말을 덧붙이며.

원망으로 가득 찼던 마음이 금세 누그러졌다. 내 고집으로 그를 불편하게 했다는 생각에 미안한 마음이 들었다. 어쩌랴! 부부란 서로에게 속곳인 것을. 맞은 편 덤불 위로 푸드득! 한 쌍의 꿩이 날아오른다.

수 닭 , 스 머 프

고요한 숲에 검은 물체가 움직인다. 대나무와 오동나무 사이를 유유히 돌아다니는 저것은 무엇일까? 윤기 흐르는 깃털이 푸른 댓잎 속에서 흑요석처럼 반짝인다. 수닭, 스머프가 나타났다.

수닭은 앞집 최 씨가 기르던 것으로, 삼계탕을 위해 자루에 넣어 온 세 마리 중 하나였다. 마지막으로 꺼내는 순간 푸드덕 날아올라 대숲으로 달아나버렸다. 아무리 애써도 잡을 수 없었다. 뒤란이나 고샅길에 나타나는가 싶으면 어느새 건넛집 마당과 솔숲을 종횡무진 다녔다. 머리 위에 붉은 볏이 〈개구쟁이 스머프〉의 프리기아 모자를 닮아 스머프라 불렀다.

프리기아 모자는 고대 로마에서 노예가 해방되어 자유민의 신분을 얻게 될 때 썼다. 그 후로는 자유의 상징이 되었다. 미국의 랜드마크인 자유의 여신상은 원래 프리기아 모자를 쓰고 장대를 쥔 모습으로, 실제 이름은 세상을 비추는 '자유'였다.

처음 수탉을 본 것은 마당 서편 대숲에서였다. 사방을 살피는 또록또록한 눈, 얼룩무늬의 튼실한 다리와 네 개의 발가락이 큰 몸피를 받치고 있었다. 닭장을 나오기 전에는 동구길 입구 빈집 터 후미진 곳에 갇혀있었다. 어둑어둑한 곳, 수십 마리 닭들 틈에서 모이와 물을 가져다주는 주인의 발걸음을 기다리며 지냈다. 하지만 자루에서 뛰쳐나온 후론 달랐다. 거름이나 흙을 버르집어 먹이를 구했고, 목줄이 풀린 개나 고양이들의 위협도 용케 피해 다녔다. 무엇보다 푸른 숲과 햇빛을 마음껏 누렸다. 마치 군계일학처럼 보였다.

'그는 춤에다 몸을 맡기고, 손뼉을 치는가 하면 공중으로 뛰어올랐고, 발끝을 도는가 하면 무릎을 꿇었다가 다시 공중으로 뛰어올랐다. 흡사 고무로 만든 사람 같았다. 마치 자연의 법칙을 이겨내고 날아가고 싶은 듯했다.' 조르바의 춤을 묘사한 대목이다. 산투르를 연주하며 세상을 떠돌던 소설 속의 주인공은 평생 자유를 갈망했다. 스머프를 보면 그런 조르바가 생각났다.

며칠 뒤, 다시 마을에 내려와 옆집 김 총각 닭장 앞으로 갔다. 암탉 여남은 마리와 수탉 한 마리가 좁은 곳에서 바장이고 있었다. 첫날은 그곳 수탉과 접전을 벌였다. 몸이 무거운 스머프가 열세였지만 뒤를 보이진 않았다. 터줏대감은 높이 날아올라 내리뛰면서 가슴을 치고, 비칠거리는 틈을 타 볏을 쪼았다. 스머프는 열세에 몰렸지만 굴하지 않고 맞섰다. 주인이 막대기로 말려서야 겨우 싸움이 끝났다.

한바탕 난리를 겪고 들어갔지만 철망이 갑갑해지기 시작했던 것일까. 볕 좋은 날 어쩌다 주어지는 바깥나들이 때 우르르 나온 후 돌아가지 않았다. 다시 자유를 찾은 녀석의 눈은 생기로 반짝였다. 우리 집 안뜰을 유유자적 거닐면서 모이를 계속 주는 내게 더는 경계심을 보이지 않았다. 최 씨는 본능적으로 용케 피해 다녔다. 그는 닭 잡기를 포기한 듯했다.

수탉은 마당과 대숲을 번갈아 다니며 자유를 만끽했다. 이름을 부르면 가까이 왔지만 내 손에 자루 비슷한 것이 들려있으면 쏜살같이 달아나버렸다. 밤엔 짐승들의 습격을 피해 대나무 우듬지*에서 잤고 구성진 울음으로 새벽을 알렸다. 아침저녁으로 닭의 안위를 확인하는 게 일과가 되었다.

젊은 날 내 앞의 시간은 무한한 줄 알았다. 이상을 좇아 이런저런 계획을 세웠으나 화려한 계획에 그쳤을 뿐, 게으름에

---

*우듬지 : 나무의 꼭대기 줄기

발목 잡혔다. 차일피일 미루며 갈팡질팡할수록 목표는 멀어져 갔다. 자신이 초라해 보일수록 타인의 시선에 민감해지기 시작했다. 사람 만나기가 꺼려졌다.

《마당을 나온 암탉》의 주인공 잎싹의 꿈은 알을 품어보는 것이지만 철망 속에서는 어림없는 일이었다. 위험을 무릅쓰고 탈출하여 덤불 속 오리 알을 발견해 품으며 소망을 이룬다. 족제비의 위협에 맞서며 끊임없이 안전한 곳을 찾아다닌다. 양계장이 아닌 마당에서 병아리를 품는 엄마가 되고자 하는 간절함으로 자유를 찾을 수 있었다.

스머프는 야생에서 스스로 먹이를 찾았다. 춥고 외로운 곳에서 잠을 잘 망정 물과 먹이가 주어지는 닭장을 더는 넘보지 않았다. 인간이 주는 먹이에 구속받지 않고 스스로 자유를 구가했다. '닭의 부리가 될지언정 소의 꼬리는 되지 말라'는 《사기》의 말은 결코 편안을 추구하는 나약한 존재가 되지 말 것을 권고하는 뜻일 것이다.

영화 〈노매드랜드〉는 한 기업 도시가 경제적으로 붕괴한 후 그곳 중년 여성 '펀'이 살아가는 이야기다. 그녀는 일상의 삶을 뒤로한 채 홀로 밴을 타고 새로운 삶을 찾아 떠난다. 길 위에서 만난 사람들은 각자의 사연으로 삶을 이어가고 있었다. 일상을 거부하고 자유를 찾아 새로운 길을 선택한 노매드들의 이야기는 사실감 넘쳤다. 시한부 삶을 병원에서 허비하기 싫어

알래스카로 떠나는 일흔의 할머니 얘기는 여운이 길었다. 영화는 진정한 자유에 대해 곰곰 생각해보는 계기가 되었다.

뜨거운 도전 없이 젊음의 푸른 모퉁이를 뒷걸음질로 미적거리며 돌아왔다. 인생여백구과극人生如白駒過隙, 인생이란 문틈으로 백마가 달려가는 것을 보는 것과 같다고 했다. 삶은 한 줄기 섬광처럼 순식간에 지나간다. 혼신을 다해 사는 것이 생명을 받은 존재의 책무라는 것을, 시멘트 바닥에서도 알록달록 꽃을 피우는 채송화가 일깨워준다.

며칠째 닭이 보이지 않는다. 어디로 갔을까? 잡혀서 한 쪽 발이 긴 줄에 묶인 것을 보았다고 한다. 절룩거리면서도 끊임없이 사방을 살피더라는 말도 들려온다. 삼계탕 냄새가 불길하게 주변을 맴돈다. 마당에 서면 볏과 꼬리를 흔들며 달려오는 듯했다. 스머프가 잡혔다고 생각하지 않는다. 끊임없이 자유를 찾던 수탉은 아마도 대숲을 지나, 뒷산을 넘어 더 큰 세상으로 날아가지 않았을까.

주어진 곳에 색을 골라 칠하는 색칠공부처럼 겨우 칸을 메우며 살았다. 현실이라는 닭장에 갇혀 옴짝달싹 못 한 채. 읽고 쓰며 나에게도 열정 한 모숨*이 숨어있음을 안 것은 인생의 변

*모숨 : 한 줌 안에 들어올 만한 분량을 세는 단위

곡점을 돌아온 지 한참 지난 후였다. 내 색깔만 고집하지 말고 다른 색도 섞어 테두리를 밖으로 밀어낼 일이다. 한계선이 어디까지인지 알아내다 보면 경계를 벗어날 수 있을 것이다. 수탉, 스머프처럼.

대숲과 마당을 둘러본다. 사운거리는* 대나무 사이로 설핏 검은 깃털과 붉은 볏이 스치고 지나간다. 어디선가 수탉의 우렁찬 울음소리가 들린다.

---

*사운거리다 : 가볍게 이리저리 자꾸 흔들리다. (=사운대다)

해 로

구스타프 클림트의 〈키스〉 같다. 황금갑옷을 입은 새우들
이 네모난 접시에 담겨 서로를 쳐다본다. 내외하는 듯 고개를
돌려 딴 곳을 바라보기도 한다. 툭 불거져 나온 눈빛엔 저마다
애틋한 사연이 담겨 있는 것 같다. '그래그래 애썼어' 쌍쌍이
누워 귓속말로 토닥거리기도 하면서.

새우는 예로부터 장수와 길한 일의 상징으로 전해졌다. 해
로海老라고 부르기도 하는데, 새우의 굽은 등을 보고 노인에 비
유하여 생긴 말일 것이다. 부부가 한평생 같이 살며 함께 늙는
다는 뜻의 해로偕老와 음이 같다. 대하는 축하행사 때 분위기를
돋보이게 하는데 긴요하게 쓰인다.

부모님 회혼식을 조촐하게 준비했다. 먼저 사 남매 내외가

잔을 올리며 백년해로를 기렸다. 함께하신 육십 년 궤적의 동영상을 보며 지나온 시간을 반추했다. 조카들이 축하편지 낭독 후 잇달아 안아드리자 두 분 얼굴이 박꽃처럼 환하게 피어났다. 회혼식은 결혼한 지 육십 년이 되는 해를 기념하는 예식이다. 자녀 중에 아무런 사고가 없어야만 가질 수 있으니 축복의 날이라 할 수 있다.

어머니의 고운 자태에 빠진 아버지는 큰외삼촌을 통해 적극적으로 다가갔다. 맏오빠는 아버지와 다름없었다. 동짓달 열아흐렛 날, 어머니는 초례청에서 처음 아버지의 얼굴을 보았는데 수려한 외모에 놀랐다. 그때의 두근거림을 생각하면 고집불통인 아버지에 대한 원망을 조금 내려놓을 수 있었다고 한다.

천성이 유약한 아버지는 부모 그늘을 벗어나지 못했다. 할머니는 맏이인 아버지는 뒷전이었고 도회에서 가용*을 보내오는 삼촌만 자랑으로 여겼다. 긴 봄날 해가 이울도록 보리밭을 매고 난 어머니의 삭신은 천근만근이었다. 어스름이 깔리기 시작하는 샛강을 내려다보며 그만 세상을 등지고 싶은 적이 한두 번이 아니었다고 한다.

---

*가용(家用) : 집안 살림에 드는 비용, 집에서 필요하여 쓰는 물건

백일기침 하는 젖먹이를 업고 어머닌 행상을 나갔다. 날마다 눈물 같은 비탈길을 오르내렸다. 단칸 셋방 낡은 쪽문을 밀고 들어서면 시린 냉기가 먼저 마중을 나왔다. 아버지는 허름한 집 아래채에 장갑공장을 차렸다. 명색이 공장이었지 온 식구가 동원되는 가내수공업이었다. 봄부터 가을까지는 면장갑을 짜고 겨울엔 털장갑을 짰다. 겨울 들머리면 어린 우리까지 추운 날이 계속되길 빌며 일손을 도왔지만 따뜻한 날이 계속되었다. 가난이 실밥처럼 집안 곳곳에 묻어났다.

어머니는 당신 몸 편찮은 것은 뒷전이었고 노환의 시어머니를 지성으로 모셨다. 자랑이었던 삼촌은 정작 할머니에게 무심했다. 어쩌다 집에 들를 때면 선걸음에 가면서도 사사건건 트집을 잡았다. 그럴 때마다 아버지는 삼촌 편만 들었다. 가장을 대신한 힘든 노동으로 잠시도 쉴 틈 없는 어머니에겐 따뜻한 위로의 말 한마디 없었다.

영화 〈해로〉는 생의 마지막 순간까지 함께하는 노부부의 사랑 이야기다. 그들은 사랑하고, 기뻐하고, 슬퍼하고, 아파하던 그 모든 시간에 감사했다. 영화 속 부부가 나란히 같은 곳을 바라보며 자전거를 타고 가는 장면이 있다. 페달을 밟아 앞으로 나아가는 것은 온전히 자신의 몫이다. 하지만 함께 달리고 있다는 사실만으로도 위안이 되고 힘을 낼 수 있는 부부야말로 진정한 동반자가 아닐까. 요즘 어머니는 그 어느 때보다 아버지에게 극진하다. 두 분은 뒤늦게 해로 같은 사랑을 나누고 있는 것일까.

새우는 일부종사한다고 한다. 성숙한 어미 대하는 교미를 하고 나면 정액으로 단단하게 덮어 다른 수컷들의 접근을 봉쇄한다. 한평생 단 한 번의 산란으로 사랑을 완성한다 하니 순정하다. 뜨거울수록 붉게 변하는 새우의 색깔은 정열과 사랑으로 표현되기도 한다.

다산은 아내가 보내온 다홍치마를 마름질하여 하피첩을 만들었다. 그것은 자녀들에게 보내는 글이었으나 기실은 아내에게 전하는 우회적인 사랑이었다. 둘이 함께한 육십 년 세월의 꽃이 하피첩인 셈이다. 그는 말년에 부인과 고향 주변을 여행하면서 여생을 함께했다. '눈 돌리는 사이에 예순 해가 지나가니 / 복사꽃 짙은 금빛 신혼 때와 비슷하네' 회혼식을 앞두고 함께 걸어온 장장한 시간을 되돌아보며 남긴 회근시回졸時의 일부이다.

결혼 사십 주년을 녹옥혼식, 오십 주년을 금혼식이라고 한다. 결혼 주기별로 이름을 붙여 기념하는 것은 가정을 소중하게 지켜내라는 뜻일 것이다. 어려움 속에서도 묵묵히 지켜낸 가정이라면 이를 본받은 자식들은 절로 든든하게 한 집안을 이루어갈 것이다. 흔들리고 깨어지는 가정이 급증하는 세태이다. 신혼부부 다섯 쌍 중 한 쌍이 이혼한다고 하니 회혼식의 의미가 새삼 와 닿는다.

'미수眉壽만년 해로하사, 회혼 해가 돌아 왔네 / 즐거울 사 즐거울 사, 우리 남매 즐거울 사 / 천태산 불로초를 줌줌이 캐어다가, 부모님 전 헌수하세.' 조선 시대 규방가사인 회혼 경축가 한 구절이 떠오른다. 애옥살이* 시킨 지난 세월에 미안해하며 아버지가 투박한 손으로 어머니 등을 어루만진다. 어머니 눈자위가 붉어진다. 햇살이 겨울 마당에 고운 주름살처럼 퍼진다.

---

*애옥살이 : 가난에 쪼들려서 애를 써 가며 사는 살림살이

풀 등

저수지 들머리에 풀 무더기 세 개가 봉긋하다. 단풍 든 명아주와 흰 억새가 섞여 한껏 가을 정취를 자아낸다. 갈바람이 내려앉자 풀들은 슬쩍 자리를 내어준다. 윤슬* 반짝이는 물가에 물병아리 두 마리 날갯짓을 접는다. 서로 어깨를 맞대고 있는 둥근 마루가 마침표처럼 편안하다.

저수지로 흘러들어온 모래는 오랫동안 퇴적되어 나지막한 둔덕을 이룬다. 그곳에 풀이 자라 둥그렇게 된 것을 풀등이라 한다. 주로 바닷가나 강의 하구에서 많이 나타나는데, 밀물과 썰물이 교차하면서 모래가 쌓인 것이다. 새들이 모이면 새등,

---

* 윤슬 : 햇빛이나 달빛에 비치어 반짝이는 잔물결

조개가 모이면 조개등이라 한다. 바람과 파도에 밀려온 모래는 다양한 문양을 만든다. 거대한 고래 한 마리가 빗장뼈를 풀고 누워있는 것처럼 보일 때도 있다.

늦가을 오후, 여동생 내외와 함께 저수지 근처 산책길에 나섰다. 얼마 전 새 식구가 된 제부는 우리 부부와 어울리길 좋아해서 함께 여행을 다니곤 한다. 소소한 일상들을 풀어놓는 동생 얼굴엔 이제 그늘을 찾아볼 수 없다. 바라보는 내 마음이 편하다.

외향적인 나와는 달리 동생은 좀처럼 생각을 내비치는 일이 없었다. 내가 결혼 후 집을 떠난 뒤로는 가사를 도우며 학교에 다녔다. 무거운 짐을 맡긴 것 같아 큰맘 먹고 핸드백이나 구두를 사줘도 좋다 싫다 내색하지 않았다. 공부와 집안일, 편찮으신 할아버지 수발까지 제 소임인 듯 묵묵히 해냈다.

졸업 후 스튜어디스로 취업하더니 같은 신앙을 가진 사람을 만났다며 결혼을 서둘렀다. 평소 초파일이나 동지에 불공을 드리던 엄마는 마뜩잖게 여겼다. 상대는 신자가 된 지 겨우 일주일밖에 되지 않았다. 결혼을 위해 종교를 앞세운 것일지도 모른다며 식구들은 극구 반대했다. 간곡한 만류에도 불구하고 도망치듯 자신의 울타리 안으로 훌쩍 들어가 버렸다.

대기업의 노조 위원장이었던 그는 결혼 몇 년 후 돌연 퇴사를 하고 말았다. 보험회사를 비롯하여 몇 군데 일터를 전전하더니 두문불출하기 시작했다. 가끔씩 한강에 낚시 가는 것 외엔 하는 일이 없었다. 좁은 화장실 욕조엔 힘없이 입만 뻐끔거리는 잉어들이 집안 가득 비린내를 풀어놓았다.

가계 책임은 오롯이 동생 몫으로 돌아왔다. 부부 갈등이 심해지면서 상황은 악화일로로 치닫는 듯했다. 모처럼 친정 모임에 와선 만사 귀찮은 듯 종일 널브러졌고 허공만 멀뚱거리는 동공엔 초점이 없었다. 마치 삶에 묻혀버린 듯이. 기가 죽은 조카들은 제 어미 주위만 맴돌았다.

결국 파경을 맞은 동생은 자식 둘을 데리고 살아갈 길이 막막했다. 학습지 강사로 밤늦도록 발품을 판 탓에 족저근막염까지 얻게 되었다. 전공을 살려 어렵사리 영어학원을 개원했으나 경기침체와 맞물려 눈덩이처럼 불어난 빚을 안고 접었다. 어느 날 갑작스레 이국으로 떠난다며 연락이 왔다. 공항에서 동생을 배웅하고 나오는 발걸음은 천근만근이었다. 안타까워하는 마음 외에 줄 수 있는 게 아무것도 없었다.

풀등은 파도를 막아 바닷새들에게 쉬어갈 자리를 준다. 바지락, 비단조개, 맛조개, 고둥 등 해양 생물들에게 보금자리를 주는 생태계의 보고이다. 태풍이나 해일 등을 차단하고 오염물질을 정화하는 천연방파제 역할도 한다. 낙동강 하구에 자리한 을숙도는 크고 작은 섬과 풀등들이 삼각주를 형성하고 있다.

바닷물과 강물이 만나는 이곳은 수심이 얕고 갯벌이 넓어 철새들에게 등을 내어주어 무사히 겨울을 나게 해준다.

열대의 이국에서 마트 아르바이트와 한국학교 교사로, 한국인 학생들 하숙을 치면서 아이 둘을 근근이 뒷바라지했다. 힘들었지만 더는 물러설 곳이 없었다. 조카들도 아르바이트와 학업을 병행하며 제 엄마를 도왔다. 다행히 아이들은 어학에 재능을 보이며 현지에 잘 적응해나갔다.

그러던 중, 동생은 그곳에서 뜻밖에 인연을 만났다. 항공사에 근무할 때 각별하게 지내던 상사 부인이 이어준 자리였다. 수년 전에 상처한 그는 따뜻한 눈빛으로 오랜 시간 바람과 파도에 흔들리던 동생을 품어주었다. 두 사람은 서로에게 마음을 기울이기 시작했다.

영화 〈스텝맘〉은 재혼가정의 갈등을 다루고 있다. 딸 애나는 아빠 사랑의 경쟁자인 새엄마를 노골적으로 미워하며 삼각관계가 시작된다. 애나는 새엄마와 갈등을 거듭하면서 자신이 싸워 이기기에는 너무 강한 존재라는 것을 깨닫고 차츰 현실을 극복해 나간다. 본인 의사와 상관없이 생면부지의 타인과 형제자매가 되어야 하고, 피 한 방울 섞이지 않은 어른을 부모로 맞아야 하니 아이들의 혼란은 당연한 것인지도 모른다.

새엄마를 받아들이지 않는 초등학생 막내 때문에 힘들었지만 동생은 조금씩 엄마라는 자리를 채워나갔다. 제 핏줄 이상으로 정성을 기울이며 특유의 과묵한 성정으로 묵묵히 견뎌냈다. 여섯으로 불어난 식구들은 출퇴근이나 등하교 시각이 제각각이라 아침저녁 대여섯 번 밥상을 차려야 했다. 한결같은 마음으로 보듬은 덕분인지 아이는 명문대학 동시 합격의 영광을 안았다.

성품이 낫낫한 제부는 아내에겐 지극정성으로, 성인인 동생 자식들에겐 비워진 아버지의 자리를 채워갔다. '아빠'라 부르는 게 그렇게 힘들었다던 조카는 이제 친구처럼 살갑게 지낸다. 다시 이룬 가정은 풀등이 되어 삶의 변방을 떠돌던 풀씨 같은 동생과 제부, 그리고 아이들을 따뜻하게 품어주었다.

고요한 풀등에 소리쟁이 몇 그루 업혀 있다. 소슬바람에 여뀌와 마타리도 마른 대궁을 눕힌다. 풀등에 앉아 흙 한 줌 움켜쥐니 물큰한 냄새가 올라온다. 모래와 자갈이 훤히 보이는 물속에 손을 넣는다. 잔잔한 물결이 손가락을 간질이며 따스하게 닿는다.

저수지를 돌아 나오니 해가 설핏하다. 발바닥이 아프다는 동생을 걱정하며 제부가 구부리고 앉는다. 마주 앉은 두 사람의 등 너머로 노을꽃이 피어난다.

두 레 박

　　생활기록부를 한 장 한 장 넘기다 학부모 난에 그어진 사선에 머무른다. 보호자는 외조모, 5학년 2학기에 전학 왔으며 교과학습 발달사항에 양, 가로 채워져 있다. 또래보다 한 살 많았다. 행동이 느리고, 실천력이 부족하며, 교우관계가 원만하지 못해 우울한 편이라는 아이, 영은이와 첫 만남이다.

　　부모는 생존해 있었다. 생모는 남편과 헤어진 후 여섯 살 영은이를 친정에 보내고 언니만 데리고 재혼했다. 그러다 친정엄마가 작고하자 어쩔 수 없이 데려왔다. 공부를 못한다는 이유로 전학 온 후 줄곧 따돌림을 받아 매사에 신경질적이며 공격적이었다.

　　한 학기에 걸쳐 반 아이들과 나는 영은이를 세심하게 보살폈다. 나는 기초 실력 향상을 위해 세심하게 개별 학습을, 또래들은 함께 어울리려고 노력했다. 진심 어린 보살핌이 통했는지 조금씩 아이들 무리 속으로 들어왔다. 한시름 놓으며 여름방학을 맞았다.

방학 끝 무렵, 반장 어머니의 다급한 전화가 날아들었다.

"선생님, 영은이가 가출했답니다. 며칠째 시장바닥에 돌아다니는 걸 국수 가게 할머니가 데리고 있다고 알려왔습니다."

변화된 모습을 보며 새로운 가정에서 잘 적응하는 줄 알았는데 청천벽력이었다. 생모는 재혼한 남편과도 헤어지고 자매에게 방 한 칸만 얻어준 채 어린 아들을 데리고 잠적해버린 것이었다.

한 살 터울 언니가 툭하면 때리고, 잘못도 없이 제 앞에서 무릎 꿇지 않는다는 이유로 불에 달군 젓가락으로 다리를 지졌다고 한다. 대항하면 부엌칼로 위협한 것이 가출 이유였다. 굶주림으로 시장을 헤매다가 인정 많은 할머니 눈에 띈 것이었다. 연락을 받고 갔을 때는 이미 도망가버린 후였다.

여러 날 수소문 끝에 작년까지 살았던 외가 마을에서 영은이를 찾았다. 산발한 머리카락이 얼굴의 반을 가리고 있었고, 모기에 물린 얼굴은 벌집 같았다. 반바지 밑의 다리와 맨발 여기저기 생채기투성이는 버려진 아이 모습이었다.

집으로 데려가려는 나의 설득에 완강하게 거부했다. 몸도 마음도 무거웠지만 연고자를 찾아 마을 샅샅이 다녔다. 동네

미장원에서 영은이 외숙모 연락처를 겨우 알아냈다. 오랜 설득 끝에 어둠이 쌓이는 마을을 함께 빠져 나왔다. 지척의 바다에서 파도는 상처 입은 짐승처럼 몸을 뒤채며 울고 있었다.

딱한 사정을 전하며 아이를 맡아 달라고 간곡하게 부탁드렸다. 외숙모는 손사래를 치며 영은이 삼촌의 소재를 알려 주었다. 가게로 들어서니 젊은 여자가 뾰족한 턱을 높이 들고 우리를 훑어보았다. 첫마디가 채 끝나기도 전에 절대로 아이를 맡을 수 없다는 새된 목소리가 날아왔다. 마지막 지푸라기를 잡는 심정으로 아이 친아버지 거처를 물으니 교도소에서 복역 중이라고 했다. 그럼 할머니라도 뵙고 얘기하겠다며 이층 살림집으로 밀치고 올라갔다. 한쪽에서 버림받은 짐짝처럼 서 있는 아이의 모습에서 나도 모르게 용기가 생겼던 것이다.

병색이 완연한 할머니는 흐느끼면서 아이를 보듬고 놓을 줄 몰랐다. 그새 젊은 며느리는 시어머니를 위협하듯이 팔짱을 끼고 서 있다가 나가며 거칠게 문을 닫았다.

"선생님, 우리 며늘아기 봤지예? 영은이를 집에 들였다간 아픈 저까지 쫓겨납니더. 차라리 고아원에 맡기소."

아이가 뛰쳐나갈까 봐 손을 꽉 잡았다. 나마저 몰라라 한다면 또다시 시장바닥을 배회하거나 폐쇄된 외가를 서성이며 동네 구걸이나 할 게 뻔했다. 보호자를 찾을 때까지 우리 집에서 함께 살기로 했다.

새로 산 가방과 옷가지를 받고 빙긋이 웃는 영은이는 가정의 온기를 받기 시작하면서 눈에 띄게 생기가 돌고 밝아졌다.

"이렇게 선생님 집에서 함께 사니까 정말 좋아요. 선생님 딸로 태어났더라면 좋았을 텐데…. 여기서 함께 살면 안 돼요?"

간절하게 말하는 아이의 눈빛이 애처로웠으나 그럴 수 없었다. 생모의 행방을 찾는 것이 시급했다. 다방에서 일한다는 소문을 듣고 수소문했으나 막연했다. 할 수 없이 영은이 언니가 다니는 중학교에 찾아갔다. 한눈에 눈빛이 몹시 불안정해 보였다. 어떤 일이 있어도 동생과 함께 살아야 한다고 두 손을 꼭 잡고 부탁했다.

단칸방은 어두침침했다. 혼자 눕기에도 비좁은데 지저분한 이불과 수북이 쌓인 부탄가스 빈 통들로 꽉 차 있었다. 가스 냄새와 눌어붙은 찬 찌꺼기 냄새가 뒤범벅된 방은 사람이 살 수 있는 곳이라고 할 수 없었다. 말끔히 치우고 영은이를 데리러 가기 위해 함께 우리 집으로 향했다.

언니를 본 영은이는 결사적으로 버텼다.

"흥! 또 때리고 젓가락으로 지질려고? 선생님, 언니에게 가느니 죽는 게 낫겠어요. 엄마도, 언니도 다 싫어요! 차라리 고아원으로 보내주세요!"

영은이는 언니와 나를 번갈아 보며 눈물 바람을 했다. 행복한 가정이 미리 누리는 천국이라면 지금 아이의 현실은 무엇일까? 가정은 춥고 어두운 밤길에서 멀리 보이는 불빛처럼 따뜻하기도 하지만 자매가 겪는 현실처럼 이율배반적인 요소가 혼재되어 있는 곳이기도 했다. 몇 날 며칠 설득 끝에 영은이는 언니 집으로 들어갔다. 여전한 공포심으로 사흘간은 마당 구석에서 새우잠을 자거나 주인집 마루 구석에서 몰래 잤단다.

학교에서는 부진 과목 지도를, 퇴근 후면 곧장 자매 집으로 가서 엄마 역할을 맡았다. 아이들 생활이 조금씩 안정되어 갈 무렵 드디어 생모와 통화가 이루어졌으나 끝내 모습을 드러내지 않았다. 출감한 생부가 딸들을 찾는다는 소식을 들었지만 아이들이 만나길 원치 않아 모른 척했다.

어느덧 졸업이 다가왔다. 아무도 찾아오는 사람이 없는 영은이의 쓸쓸한 졸업을 축하해주려는 듯 함박눈이 내렸다. 돕는다는 것은 우산을 들어주는 것이 아니라 함께 비를 맞는 것이라는 말을 떠올리며 아이의 어깨를 감쌌다.

중학교에 진학한 영은이는 하키선수로 맹활약하고 있다는 편지를 보내왔다. 선생님 은혜는 절대로 잊지 않겠다는 언니 편지도 함께 들어있었다. 열다섯 살 아이 앞에 어떤 삶의 이정표가 있을지 모르겠다. 뒤늦게 찾은 기량을 펼쳐 꿋꿋하게 제 길을 걸어가길 빌 뿐이었다.

오랜 교직 생활 동안 많은 제자를 만났다. 마른버짐 가득한 얼굴로 점심시간이면 생라면을 먹던 아이, 버림받아 할머니 같은 엄마에게 입양되어 가출을 일삼던 아이, 가정폭력에 시달려 아침부터 책상에 엎드려 있던 쌍둥이 자매…. 그들에게 부는 비바람을 막아주고자 애쓰며 교사의 역할을 고민했다.

아이들은 섬세하여 쉽게 부서질 수 있는 존재다. 교사란 그들의 상처를 보듬어주고 격려와 온정을 쏟아 잠재력을 길어 올리는 두레박이라고 생각한다. 영은이가 훌륭한 하키선수가 되길 소망한다.

..

할 아 버 지 의 숫 돌

숫돌이 양옆으로 흔들린다. 자세를 고쳐보지만 탐탁치 않다. 낫 날과 정확한 각도 유지가 중요한데 힘만 잔뜩 들어간다. 저물기 전에 마당의 무성한 풀을 베야 한다는 조바심에 마음만 앞선다.

숫돌은 칼이나 낫 등의 날을 세우는 데 쓰는 돌이다. 초벌과 중간, 마무리용이 있다. 전원에 살다 보니 잡초와의 씨름으로 낫을 사용할 때가 많다. 모양 틀에서 찍어낸 낫은 몇 번 쓰면 금세 무뎌져 자주 날을 벼려야 한다. 그럴 때마다 할아버지 숫돌이 요긴하게 쓰인다.

얼마 전 고향 집을 찾았다. 삽작구레● 양쪽 감나무 두 그루

───────

●삽작구레 : 대문의 방언

는 그대로인데 무너진 흙담은 잡초에 묻혀 있었다. 삼대가 함께 살았던 곳은 혼이 떠난 것처럼 무정했다. 구석구석을 둘러보다 장꼬방* 아래 먼지를 뒤집어쓴 숫돌이 눈에 들어왔다. 할아버지가 냇가에서 맞춤한 돌을 주워와 정으로 쪼아 만들었던 것이다. 어릴 때 곁에 쪼그려 앉아 낫이며 칼이 벼려지는 것을 신기하게 쳐다보던 일이 떠올랐다. 아직 쓸 만하다 싶어 켜켜이 쌓인 먼지와 거미줄을 걷어내고 가져왔다.

　얼마나 많은 시간을 벼려내었을까. 드문드문 백운모가 박혀있는 투박한 돌은 가운데가 오목했다. 군데군데 모서리가 약간씩 떨어져 나간 건 세월의 흔적 탓이리라. 물빛 색 바랜 동저고리 바람의 할아버지 야윈 등이 환영인 듯 스쳤다. 굽은 돌에서 해소 기침 소리가 들리는 듯했다.

　명절을 앞둔 날이면 할아버지는 으레 돌확** 가에 앉았다. 집안에 잡다하게 쓰이는 칼을 갈기 위해서였다. 실눈을 뜨고 날을 살피는 모습은 중요한 의식을 치르는 듯 경건했다. 먼저 손 우물 가득 물을 떠서 숫돌 위에 뿌리곤 잠시 뜸을 들였다. 물기가 충분히 스며들어 돌이 거무스름해지면 두 손으로 조심

* 장꼬방 : 장독대의 방언
** 돌확 : 돌로 만든 조그만 절구

스럽게 날을 잡았다. 앞면을 충분히 갈아주고 난 뒤 뒷날을 몇 차례 가볍게 벼렸다. 두툼한 무쇠 칼부터 주머니칼까지 마무리한 것은 순서대로 나란히 놓았다. 유약했던 당신이었지만 숫돌 앞에 앉을 때면 힘이 넘쳤다. 사용 후엔 물로 씻어 햇빛 들지 않는 곳에 보관했다. 숫돌에 물기가 촉촉하면 그 집 가장이 부지런하다고 했다.

할아버지는 마르고 큰 키에 말수가 적었다. 증조할아버지의 반대로 중학교 재학 중에 초례를 치른 후 학업을 접었다. 필체가 좋아 동네 문서 처리와 사주단자 등을 도맡다가 알음으로 면서기가 된 것은 근면함 때문이었을 것이다. 태생적인 약골이라 농사일은 대부분 할머니가 맡았다.

기울어져 가는 가세와 흉년이 계속되는 어려운 살림 속에서도 당신은 맏이인 아버지를 도시 중학교로 유학 보냈다. 못다 한 공부에 대한 갈증 때문이었으리라. 하지만 믿었던 아들은 불량배들과 어울려 애간장을 태우더니 학업을 못다 마치고 되돌아왔다. 결혼 후에도 일자리를 찾지 못해 슬하를 벗어나지 못하는 아들을 바라보며 노심초사했다.

어느 해, 가뭄과 큰물이 잦던 고향 들녘에 모처럼 대풍이 들었다. 어린 나는 막걸리 주전자를 들고 새참 광주리를 이고 가는 고모를 뒤따랐다. 일꾼들이 그늘에서 쉴 동안 할아버지는 부지런히 낫을 갈았다. 벼를 베다 보면 날이 무뎌지거나 이가 빠지기도 했기 때문이다. 장정들은 씨실 양반 숫돌 다루는 솜씨는 동네에서 최고라며 추켜세웠다. 당신은 농사일은 힘에 부쳐 낫 가는 것으로 품을 도왔다.

종조부는 높은 학식으로 타지에서 관직을 두루 거쳤다. 키가 작고 인물이 변변치 않다는 이유로 조강지처를 홀대했다. 당신은 혈육 한 점 없이 홀로 늙은 형수님을 거두었다. 낙향하여 의지가지 하나 없는 형님까지 모셨다. 그 어른 때문에 일찍 혼례를 치러야 했고, 뜻을 제대로 펼치지 못한 원망은 묻어둔 채.

할아버지는 재주꾼인 둘째 고모 뜻을 펴주지 못하고 서둘러 혼례 시킨 것을 못내 마음 아파했다. 홀로 된 큰고모가 내려와 있던 참이라 더 힘들었을 것이다. 슬하를 맴돌던 맏아들 내외는 결국 조상 답을 팔아 분가시켰다. 그렇게 아린 것들을 조용히 품어냈다.

숫돌은 세상의 무딘 것을 온몸으로 껴안는다. 일평생 제 살을 내어주면서 살아간다. 그러다 가운데가 움푹 파이게 되어서야 자신의 생을 다한다. 할아버지는 종조부와 아버지와 고모들의 삶을 묵묵히 받아내면서 숫돌처럼 허리가 굽었다. 잘록한 허리엔 당신의 들녘과 깊은 골짜기와 한숨과 애환이 들어있다.

늘그막의 할아버진 홀로 있을 때가 많았다. 고모와 삼촌들은 농사일로 고생 많았다며 할머니만 번갈아 모셔갔다. 소주가 수면제로 자리 잡기 시작한 것은 그때부터였다. 밤마다 술을 마시고 잠을 청했다. 어느 날 아침, 윗목에 거꾸로 누운 채 할아버지는 꼼짝 않았다. 머리맡엔 빈 잔이 유언을 대신했다.

뒤돌아보면 나는 제대로 누군가를 버려주지 못하는 존재였다. 아이들을 위해서도 남편을 위해서도 자신을 내어주지 못했다. 다른 사람을 위한다고 생각했지만 결국 내 삶만 움켜쥐고 아등바등했다. 조용하게 무딘 것들을 품어낸 할아버지가 새삼 그립다.

성급한 마음을 가라앉히고 어긋나는 숫돌을 다시 고쳐 잡는다. 낫이 지나갈 때마다 거무스름한 돌가루가 묻어나온다. 그 옛날 할아버지가 그랬던 것처럼 손 우물로 물을 떠서 돌 위로 축여준다. 힘이 들어가던 손목도 한결 부드러워진다. 녹슬었던 낫 날에 제법 파르스름한 기운이 돈다.

비 그 림 자

후두둑, 소나기 한차례 지나간 후 뒤란으로 나간다. 텃밭 한 켠 연장 궤짝을 들어내니 고슬하게 마른 땅이 드러난다. 비는 궤짝 아래까지 스며들지 못했다. 몰래 숨어든 비 그림자가 사방 젖은 것들 속에서 마알간 얼굴로 웃는다.

사물은 그림자를 지닌다. 분신과도 같은. 한낮에는 짧고, 늦은 오후엔 길게 땅바닥에 붙는다. 그늘을 찾아 뛰어야 하는 그림자 밟기 놀이와 빛에 가까이 가면 커지고 멀어지면 작아지는 그림자 연극 놀이는 흥미진진했다. 신문지 반쪽만 한 크기의 무대에서 펼쳐진 그림자 연극 〈빨간 모자〉와 〈아기 돼지 삼 형제〉를 보며 상상의 세계를 넘나들었다.

가을밤, 마당 구석진 곳에 모닥불을 피워놓고 무연히 그림자를 바라보곤 했다. 불은 갖은 영상을 불러왔다. 타오르는 불길이 만든 그림자는 때론 두려움이었다. 커졌다가 사위어 들면 금세 어둠에 묻힐 것 같았다. 대숲을 휘돌아가는 연기 오라기는 기억 속 그림자를 끄집어냈다.

아홉 살 계집아이에겐 십 리 통학 길이 힘에 부쳤다. 낙동강을 끼고 걷는 초봄의 이른 아침 신작로는 고추바람으로 팽팽했다. 발꿈치 드러난 양말과 덜렁한 바짓단 밑으로 살비듬이 허옇게 날렸다. 2부제 수업으로 오후반 아이들에게 바쁘게 교실을 내준 후, 논둑길 양지에 앉아 늦은 점심을 먹었다. 네 귀퉁이에 양은 물이 거무스름하게 배인 도시락 밥을 먹고 나면 온몸이 덜덜 떨렸다. 햇살에 녹은 흙이 고무신에 덕지덕지 달라붙어 걸음을 제대로 뗄 수 없었다. 샛강에 드리워진 긴 그림자를 재촉하며 섶다리를 건넜다.

우리 집은 삽작 양쪽의 감나무 그늘이 짙어 여느 집보다 해거름이 일찍 들었다. 해진 군복으로 만든 뻣뻣한 걸레를 빨아 마루를 닦으면 손이 곱았다. 정지문* 앞 허드렛물을 쇠죽간까지 나르는 것도 내 차지였다. 닷 말짜리 무쇠솥에 물을 채워놓자면 힘에 부쳐 마당 여기저기에 흘리는 게 일쑤였다. 겨울이

---

*정지문 : 부엌문의 방언 (경북, 제주)

면 자주 손발이 터서 갈라지고 피가 났다.

초등학교 삼학년 여름방학을 맞아 도회 변두리의 부모님 집에 갔을 때였다. 두 분은 무슨 연유로 크게 다투었다. 보따리를 이고 버스에 오르는 엄마 옷소매를 잡아당겼다. 울면서 제발 가지 말라고 매달렸지만 검불 털어내듯 밀쳐냈다. 그 바람에 당신이 쥐고 있던 손수건이 길바닥에 떨어졌다. 뽀얀 먼지를 일으키며 버스가 길모퉁이를 돌아갈 때까지 엄마 냄새 배어 있는 손수건으로 눈물을 훔쳤다. 내 유년은 늘 우기여서 고스란히 비를 맞는 날이 많았다.

지천명 무렵, 퇴근하면 커튼을 내리고 어두컴컴한 방에서 음지식물처럼 지낼 때가 많았다. 적막은 무거웠고, 내 삶은 그 속에 묻혀 멈춰버린 것 같았다. 따뜻한 봄에도 두꺼운 외투를 입고 자주 옷깃을 여몄다. 모두 활기차고 당당하게 살고 있는데 나만 삶의 벼랑에 서 있는 것처럼 위태로웠다.

부케팔로스는 몸집과 머리가 매우 크고 사나워 누구도 길들일 수 없었다. 그림자가 말을 흥분시킨다는 것을 안 알렉산더 대왕은 말을 태양 쪽으로 돌려세워 자신의 그림자를 보지 못하게 했다. 태양을 정면으로 바라보자 금세 얌전해진 애마는 알렉산더와 함께 수많은 전투장을 용맹스럽게 누볐다. 제 속에 비를 안은 비 그림자처럼 부케팔로스는 어둠을 품고서야 명마가 될 수 있었다.

일주일간 집단상담 프로그램에 참가한 적이 있었다. 리더를 중심으로 열댓 명 남짓한 사람들과 늦은 밤까지 세션을 열었다. 선뜻 꺼내놓을 수 없는 깊은 상처들이었기에 함께 아파하며 서로를 토닥거렸다. 사이코드라마 치료사는 엄마 역할을 맡았다. 매달리는 어린 나를 떨쳐내며 떠나는 엄마에게 응어리졌던 마음을 쏟아냈다. 끝나자 비에 흠뻑 젖은 것처럼 온몸에 땀이 흥건했다.

소설《그림자를 판 사나이》에서 슐레밀은 우연히 파티에 참석해서 그림자를 판 대가로 금화가 나오는 자루를 받는다. 평소에는 염두에 두지 않던 그것을 팔아 엄청난 부를 얻은 것이다. 하지만 얼마 지나지 않아 사람들은 그를 배척하게 된다. 그림자가 없는 남자에게 딸을 줄 수 없다며 결혼도 거부당한다. 그는 아무리 부유해도 허깨비에 불과했던 것이다. 그림자는 타인에게 사람으로 받아들여지게 하는 존재였다.

노년의 엄마는 봄이면 어린 쑥을 뜯어서 만든 인절미를 한 보통이나 이고 우리 집에 들어섰다. 가을이면 내 생일에 맞추어 메밀묵이나 찹쌀떡을 해왔다. 모처럼 딸네에 와선 잠시도 쉬지 않고 이불이며 커튼을 빨고 구석구석 윤이 나도록 닦았다. 시간에 쫓기는 나를 위해 해마다 한두 번씩 와서 집안일을 해주었다. 어린 딸을 제대로 품어주지 못한 미안함을 표현하는 당신만의 방법이었을 것이다. 이제라도 비 그림자가 되어 딸을 젖지 않게 하려는 것처럼.

홀깨*로 훑은 벼처럼 여기저기 흩어진 지난 시간을 돌아본
다. 비에 젖을 때도 많았지만 쏟아지는 비에도 젖지 않은 비 그
림자 같은 것이 있어 때때로 위안이 되어주었다. 맑은 눈빛으
로 따르는 학교 아이들, 삶에 지칠 때면 손을 내밀어 일으켜주
던 오랜 벗들과 동료들, 그리고 엄마….

그림자는 빛의 반대쪽에 생기는 어둠이다. 억압받고 있는
자신의 욕망을 상징하며 어두운 자아를 뜻하기도 한다. 융은
그림자를 자아와 현실 세계 사이에 환각을 형성하는 창조의 근
간이라고 했다. 애초에 삶은 빛과 그림자로 빚어진 것이 아닐
까. 이 둘을 함께 받아들일 때 자신을 직면할 수 있는 용기가
생기는지도 모른다.

연장 넣은 궤짝을 제자리에 둔다. 마른 땅이 다시 그 안에
눕는다. 살면서 이런저런 이유로 비에 젖을 때마다 내 안의 비
그림자를 꺼내어야겠다. 세상에는 비가 와도 젖지 않는 것들이
있다는 걸 위로 삼으며. 활짝 갠 여름 하늘이 눈부시게 푸르다.

---

*홀깨 : 벼훑이의 방언

곁 꾼

새순이 올라온다. 뙤약볕 아래 죽은 듯이 처져 한동안 애를 태우더니 모두 사름*한 고구마 모종이 대견하다. 아침저녁으로 두어 줄의 고구마 이랑 앞에 서성이며 아기 재롱 보듯 감탄하는 날이 많아졌다.

언젠가부터 고구마 순이 댕강댕강 잘려나가기 시작했다. 하천 변이나 산기슭의 덤불 속에서 한잠을 잔 고라니가 밤에 다녀간 것이 틀림없다.

"아아, 어떡해? 한 번 맛보았으니 계속 올 텐데….."

"그도 생명인데 좀 나누어 먹었다고 생각합시다."

한 번 맛보았으니 계속 올 거라는 걱정에 남편은 고라니와

---

*사름 : 옮겨 심은 지 4~5일 후에 완전히 뿌리를 내려 푸른빛을 생생하게 띠는 일

나누어 먹었다고 생각하자며 달랬다. 내 걱정과는 달리 태평인 그가 답답하기만 했다.

처음에는 조심스럽게 한 입씩 먹더니 갈수록 드러내놓고 마구 따먹기 시작했다. 애써 가꾼 고구마가 자칫 잘못될까 봐 그물 울타리를 치자고 했지만 그는 완강히 반대했다. 나의 조바심은 공허한 메아리가 될 뿐이었다.

고라니는 마치 저를 위해 차려놓은 밥상이라는 듯이 당연하게 먹었다. 두어 이랑의 새순이 잘려나갔다. 검은콩을 뿌려 놓은 것 같은 똥과 선연하게 찍힌 짐승의 발자국을 보는 날이 점점 늘어났다.

작은 텃밭에 큰마음 먹고 고구마 이랑을 낸 것은 향수 때문이었다. 어릴 적, 할머니를 따라 자주 산비알 밭에 갔다. 햇살쩅한 가을날, 수확 시기가 되어 줄기를 걷어내면 쩍 갈라진 틈새로 자색 고구마가 선연했다. 콩닥거리는 가슴으로 조심스럽게 밀어 넣은 호미 끝에선 크고 뭉실한 것들이 식솔처럼 줄줄이 딸려 나왔다. 고랑에는 걷어낸 줄기가 수북이 쌓이고 이랑에는 세상 밖으로 나온 고구마가 부끄러운 듯 더욱 몸을 붉혔다. 손에 쥘 만한 것을 골라 산거울 풀에 쓱쓱 문질러 한 입 베어 물면 달큰한 즙이 입안 가득 고였다.

큰 방 윗목에 고구마 저장고인 수수깡이 들면 초겨울이었다. 겨우내 윗목을 차지하며 식구처럼 함께 지냈다. 긴 겨울,

밤마실에서 돌아와 수수깡을 뒤지면 일렁이는 호롱불 따라 내 그림자도 흔들렸다. 할머니는 삶은 고구마가 남으면 정성껏 썰어 아래채 초가지붕에 널었다. 꾸덕하게 말린 빼떼기는 벽촌의 궁한 계절을 채워주던 든든한 먹을거리였다.

유년의 고향을 그리며 어떻게 하든지 밭을 지키고 싶었다. 마을 이장 댁의 나날이 무성해지는 고구마밭을 보면서 더욱 조바심이 났지만 뾰족한 방법이 없었다. 밤새 번을 서며 지킬 수도 없는 노릇이니 하루빨리 다른 곳으로 먹이를 찾아가 주기를 기다리는 수밖에.

이파리가 한 움큼씩 사라지는 것을 보며 발을 구르던 어느 날, 채전 광나무 울타리에 어른거리는 물체를 보았다. 놀랍게도 고라니였다. 산짐승이 대낮에 민가에 내려왔다면 절체절명의 순간일 것이다. 겨울에 짝짓기를 해서 이듬해 5~7월에 새끼를 낳는 고라니는 이맘때쯤엔 몸을 풀기 시작한다. 자세히 보니 배가 아래로 처져 있었다. 새끼를 밴 것이 틀림없다.

한 입 먹을 때마다 주위를 살핀 후 조심스럽게 또 베어 먹었다. 쫓아내야 한다는 생각도 잊고 숨죽여 바라보았다. 새끼를 잉태한 어미는 한시도 경계를 늦추지 않았다. 위험을 무릅쓴 모습은 숙연하기까지 했다. 순간, 대항할 것이라곤 도망치는 것밖에 없는 짐승의 슬픈 눈망울을 보았다. 땅에 닿을 정도로 부른 배를 뒤뚱이며 나무 울타리를 비집고 들어온 고라니에게 고구마 잎은 생명줄이었을 것이다. 향수가 무어 그리 대수일까. 고라니 역시 대지의 품에서 우리와 함께 숨 쉬고 살아가는 것을. 고구마를 내주기로 마음을 바꾸었다.

민둥산처럼 비었던 고구마 이랑에 연둣빛이 아슴아슴하게 올라오기 시작한 것은 그로부터 얼마 후였다. 이파리가 고라니 뱃속의 새끼를 키울 동안 땅속의 뿌리는 또 다른 생명을 밀어올리고 있었다. 줄기는 새순이 올라올 때와는 비교가 되지 않게 푸른 길을 창창하게 내기 시작했다. 고라니는 허기만 채우고 간 것이 아니라 순치기를 했던 것이다. 쫓아내야 할 훼방꾼이 아니라 보듬어야 할 곁꾼이었다.

자동차 헤드라이트 불빛에 놀라 이리저리 뛰다가 따비 밭 울타리를 넘거나 개골창으로 풀쩍 뛰어내리던 고라니를 보는 일이 잦아졌다. 최근 도시 개발로 숲이 야금야금 잘려나가면서 터전을 잃고 막다른 골목으로 내몰렸기 때문이다. 도시화는 시시각각 그들의 목을 조였을 것이다. 고라니가 무사히 몸을 풀기를 빌었다.

만추를 맞은 내 삶의 자락에서 지난날을 돌아본다. 별 탈 없이 이만큼 오기까지 알게 모르게 곁꾼들의 손길이 많았음을 깨닫는다. 길을 잃고 헤맬 때 기꺼이 스승이나 길벗이 되어준 그들을 떠올린다. 나는 누구의 곁꾼이 되어본 적이 있었던가. 새삼 곁꾼의 소중함을 깨닫는다.

푸른 길을 힘차게 내고 있는 고구마 잎 위로 떨어지는 빗소리가 싱그럽다. 고라니가 앞무릎을 꿇고 지은 입 농사에 풍작을 기대해본다.

..

밑 술 과 덧 술

　체로 친 쌀가루가 흰 눈 같다. 소복하게 쌓인 가루를 스테인
리스 대야에 넣은 후 끓는 물을 여러 번 붓고 섞는다. 잘 버무
려진 반죽을 준비해둔 누룩과 혼화한 후 항아리에 넣어 발효시
키면 방문주*의 밑술 담그기가 끝난다.

　평생교육원 수제 맥주 강좌에 등록했다. 일주일에 서너 번
맥주를 즐기는 터라 퇴직하면 꼭 배워보겠다고 염두에 두었던
터다. 전통주를 먼저 하고 후반부에 맥주 과정이라 조금 실망
했다. 하지만 노련한 강사의 이해를 돕는 유쾌한 입담과 첫날
부터 팔을 걷어붙인 실습은 흥미진진했다. 탐탁잖게 여겼던 생

---

*방문주 : 맛과 약효를 위하여 전해 오는 약방문에 따라 빚은 술

각은 단번에 바뀌었다.

식량이 귀하던 시절, 민가에서 술 담그는 것을 법으로 금하던 때였다. 밀주 단속반이 출동했다는 연락이 오면 할머니는 부엌 후미진 곳으로 술 단지를 옮겨 청솔가지로 덮었다. 대수롭잖은 나뭇단처럼 위장하기 위해서였다. 숨 가쁘게 통기하고 술독을 감추느라 온 동네가 술렁였다.

한여름 걸쭉한 농주는 요긴한 새참 거리였다. 장정들의 거친 노동을 위로하는 데 그만한 게 없었다. 할머니는 뒷 새미 가의 딸기나무 이파리를 비틀어 양은 주전자 주둥이를 막아 조막만 한 내 손에 쥐어주었다. 고모는 점심 광주리를 이고, 나는 술주전자를 들고 논둑길을 따라갔다.

도시에 살던 엄마는 농번기 철이면 할머니 댁으로 왔다. 농사일 틈틈이 배불뚝이 두 말 가웃 항아리 두 개가 빌 날이 없을 정도로 번갈아 가며 술을 담갔다. 엄마가 무명 앞치마에 낡은 머릿수건을 쓰고 부엌에 쪼그리고 앉아 있을 때면 함빡 여름이었다. 술지게미에 사카린 두어 개를 섞으면 우리들의 간식거리가 되었다. 조무래기들이 그걸 먹고 술에 취해 비틀거리는 일이 허다했다.

전통주는 본래 가양주家釀酒로 집에서 빚는 술을 말한다. 곡식을 주재료로 하여 누룩과 물을 넣고 숙성시킨 곡주다. 한 번 담근 것을 단양주, 밑술과 덧술로 나누어 두 번 담근 것을 이양주, 덧술을 두 번 하여 세 번 담근 것을 삼양주라고 한다. 횟수가 늘어날수록 풍미도 있고 깊은 맛이 난다.

밑술이 괴어오르면 서늘한 곳에 옮겨 숙성시킨다. 제때에 술독을 냉각시켜 주는 것이 중요하다. 시기를 놓치면 젖산의 농도가 높아져 발효가 억제되고 초산균 등이 생긴다. 밀기울이 떠오르고 기포가 생기면 덧술을 할 때다. 이때를 놓치면 시어서 못쓴다.

전국에서 열 명 남짓 우수 교사를 선발하여 으뜸교사 자격증을 주는 제도가 있었다. 수십 년간 현장에서 학생들을 지도한 자료를 모으느라 밤을 새운 것이 여러 날이었다. 두툼한 일호 봉투 두 개 분량의 방대한 서류 심사를 통과하여 교육부 실사를 기다리고 있었다. 당일, 학부모와 동료 교사 인터뷰 후 예정에 없던 수업 공개를 하라고 했다. 당혹감으로 수업은 버벅거렸고 예상대로 탈락의 고배를 마셨다. 미리 공지하지 않은 주최 측의 심사방법이 원망스러웠다. 후회와 아쉬움으로 한동안 마음 앓이를 했다.

덧술 담그는 날, 밑술 항아리를 열어보니 곰팡이가 피어있었다. 강사는 못쓴다며 새로 담그라고 했다. 시작 전 모든 집기와 손과 팔꿈치까지 철저히 소독하고 있는 힘을 다해 치대고, 남겨둔 누룩을 긁어모아 위덮이까지 했는데 어디서 잘못되었을까. 쌀가루와 누룩과 물은 유기적으로 접촉한다. 쌀가루를 너무 많이 넣으면 발효가 더디거나 잘 안되어 감주처럼 될 수 있고, 누룩이 너무 많으면 쓰고 독해진다는 걸 나중에 알았다. 각각의 재료들은 일방적이 아니라 서로 관계 맺고 끊임없이 영향을 주고받는다는 걸 간과한 것이다. 차근차근 짚어가며 다시 준비했다.

덧술은 밑술을 바탕으로 저장성이 높은 술을 빚기 위한 것이다. 찹쌀 고두밥을 밑술에 혼화하여 많이 치대면 당화가 잘되고 풍미도 깊어진다. 술독은 온도 변화가 없는 서늘한 곳에서 숙성시키는데 기포 올라오는 소리가 유난해졌다가 잠잠해지면 술을 거른다. 효모 활성화가 된 밑술에 알코올을 높이는 덧술을 거쳐 비로소 좋은 향과 깊은 맛의 술이 완성된다.

몇 년 후, 더 큰 관문에 다시 도전했다. 꼼꼼하게 준비했다. 몇 차례의 까다로운 심사를 통과해서 대한민국스승상을 받았다. 전국 열 명을 뽑는데 당당히 선발된 것이다. 지난번의 실패는 전화위복이 되었다. 당시엔 힘들었지만 지나고 나면 난데없이 끼어든 일이 오히려 좋은 상황으로 바뀐 적이 더러 있었다. 순간에 일희일비했던 일이 새삼 부끄러웠다.

전통주는 지역별로 다양한 특색을 가지고 있다. 시대적 상황으로 명맥이 끊긴 것도 있지만 연구하여 다시 이어지기도 한다. 전통주 수업에서 화학적 첨가물 없이 여러 종류의 술을 빚었다. 그윽한 향과 깊은 맛이 일품인 방문주, 예전에는 궁중의 술이었다는 법주, 덧술 없는 단양주로 다섯 가지 맛이 녹아 있는 부의주(동동주), 향이 너무 좋아 목에 넘기기가 애석하여 탄식한다는 석탄향 등의 경험은 특별했다.

방문주는 조별 시음회에서 최고의 맛이라는 칭찬을 받았다. 밑술 실패는 더 깊은 맛을 위한 밑거름이 되었던 것이다. 그동안 미완성의 삶을 살아왔더라도 그리 아쉬워할 일은 못 된다. 어쩌면 덧술을 위한 밑술의 시간이었는지도 모르겠다. 인생 1막을 바탕으로 퇴직 후의 삶인 2막을 제대로 완성시켜야겠다고 다짐해본다.

잘 익은 전통주 한 병을 들고 교육원을 나선다. 남은 인생이 약재를 넣어 잘 우려낸 신선주처럼 풍미 깊다면 좋겠다. 늦은 오후의 거리에 가을이 발효시킨 햇발이 따사롭다.

PART 2

그녀가 가만히 팔짱을 낀다.

곁점처럼

돌 꽃

영남루 천진궁 앞에 돌꽃이 피었다. 비 온 후 선명히 드러난 문양이 해당화 같다. 이끼와 바위가 어우러져 피워낸 돌꽃에서 갖은 풍상이 느껴진다. 촘촘한 갈피에 어머님 얼굴이 피어난다.

얼굴빛이 갈수록 창백해지는 어머님은 조금만 움직여도 힘에 부치는지 자주 눕는다. 지나가는 바람 소리에도 선잠을 깨 화들짝 놀란다. 오랫동안 앓아온 이명으로 잠 못 드는 날이 많다. 온갖 소리가 종잡을 수 없이 파고들어 귀가 풍선처럼 부풀어 오른다고 한다. 때때로 세상이 빙글빙글 도는 듯한 어지럼 증과 구토로 털썩 주저앉을 때도 있다. 꼬챙이처럼 가늘어진 다리는 부러질 듯 가냘프다. 떠나온 곳으로 되돌아가기 위해 나날이 작아지는 것일까. 가냘픈 몸피는 스산한 겨울 들녘 같다.

비에 젖은 꽃잎을 내려다본다. 연한 납석이라 풍화로 쉽게 부서졌을 텐데 용케도 활짝 꽃을 피우고 있다. 오랜 세월 굽히고 뒤틀어 낱낱의 꽃잎을 만든 돌꽃은 고난을 아름다움으로 만들었다. 어머님은 가끔 나에게 아흔두 해 동안의 신산했던 삶을 들려준다.

당신은 일제강점기 위안부를 피해 열여섯에 초례를 치렀다. 이듬해 아버님은 가난을 벗어나고자 일본으로 가는 밀항선을 탔다. 어린 새댁은 혈육 한 점 없이 시부모 봉양과 시동생, 시누이들을 키웠다. 둘째 시동생은 동네를 발칵 뒤집어놓을 정도로 자주 말썽을 부려 새댁을 곤궁에 빠뜨리곤 했다. 병약한 시아버지와 괄괄한 시어머님은 농사일은 거들떠보지 않아 들녘차지는 오롯이 새댁 몫이었다. 새벽이면 정화수를 떠놓고 지아비의 무사 귀환을 빌었던 장독대가 유일한 의지처였다. 언제 돌아올지 모를 남편을 위해 하루도 빠지지 않고 두 손을 모았다.
청상 아닌 청상으로 보낸 십육 년의 세월 끝에 아버님은 시앗을 앞세우고 돌아왔다. 지아비 하나만 믿고 견뎌온 어머님에게 청천벽력이었다. 이후의 삶은 지난 시간 홀로 감내했던 곤고함보다 더했다. 사사건건 트집을 잡아 불호령을 내리는 아버님 기분을 맞추느라, 별쭝스러운 작은어머님의 눈치를 살피느라 하루하루가 위태로운 날들이었다. 설상가상으로 술에 취한 둘째 시삼촌이 수시로 와서 가재도구를 부술 때면 어둑한 다락에 숨어 마음을 졸여야 했다.

어떤 비바람은 바위를 할퀴며 생채기를 내고, 어떤 눈서리는 바위를 뚫고 들어가 그 안에 상처로 똬리를 틀기도 한다. 선명히 드러나는 꽃잎 한 장 한 장에는 그러므로 저마다의 사연이 깃들어 있다. 꽃잎이 그려낸 시간의 흔적처럼 어머님의 가슴에도 겹겹의 아픔들이 각인되었을 것이다.

또다시 시작된 지아비를 향한 기다림은 길었다. 앉은뱅이 미싱을 돌려 모란 꽃잎 수를 놓는 부업을 했다. 꽃잎 한 장 한 장을 오려 붙이며 재봉틀을 돌리고 또 돌렸다. 지친 마음을 당신의 그림자 속에 묻은 채. 오린 것으로 아름다운 모양의 꽃을 만들었다. 당신 삶에 얼룩진 숱한 생채기는 견고한 무늬로 다시 피어났다. 돌꽃이 갖은 풍상으로 아름다운 문양을 만들 듯.

결혼 후 열여덟 해 만에 얻은 아들이 바람막이였다. 가슴 한 켠에 가느슥하나마 지아비가 곁으로 돌아오리라는 희망의 등불을 걸었다. 박달비가 내리는 오후였다. 어머님과 작은어머님과의 마찰로 심기가 불편했던 아버님은 별안간 장독대로 갔다. 그리고 크고 오래된 독을 골라 깨뜨리기 시작했다. 하필이면 지난날 정화수를 떠놓고 당신의 무사 귀환을 빌던 독이었다. 삽시간에 쏟아진 간장은 옥상 계단을 타고 콸콸 흘러내렸다. 그것은 당신의 지난한 세월을 견디게 했던 버팀목이지 않았던가. 화가 덜 풀린 아버님은 그 간장 물에 세 살배기 아들을 내동댕이쳤다. 한 점 혈육이 마당 한구석에서 자지러지듯 울었다. 당신이 송두리째 뽑히는 것보다 더 아팠다.

요즘 어머님은 거실에서 주방까지 예닐곱 걸음에도 가쁜 숨을 몰아쉰다. 곧 숨이 멎을 듯 헐떡일 때면 산소가 부족한 물고기처럼 내 호흡도 따라서 가빠진다. 슬픔을 많이 겪은 사람일수록 폐 기능이 약해진다고 한다. 초례를 올리자마자 아버님과 생이별을 하고, 꽃을 오려 붙이며 작은댁에서 돌아오지 않는 아버님을 기다리며 지새우던 밤…. 그 슬픔이 어머님의 폐를 좀먹었을 것이다. MRI가 잡아내지 못하는 어머님의 슬픔은 얼마나 크고 많을까.

어머님은 체구는 작지만 결곡함은 한결같았다. 오래 자리보전했던 아흔다섯 시할머님과 욕창으로 등뼈가 드러났던 아버님의 마지막 길을 따뜻하게 배웅했다. 당신 삶에 낙뢰같이 떨어졌던 작은어머님 기일을 정성껏 건사하고 있다. 여인으로서 인내한 시간을 가늠만 할 뿐 나는 결코 느낄 수 없다. 돌이켜보면 어머님은 두 개의 가정이라는 험난한 강에 배를 저어 인생을 건너온 사공이었다. 당신이 피워 올린 한 恨 뒤로 언제나 강물이 출렁거렸다.

젖은 물기가 꽃 이파리를 따라 둥글게 피어난다. 이끼가 명

암처럼 꽃들을 소묘한다. 수백 년의 비바람이 그려낸 석화에서 숙연함이 느껴진다. 굴곡진 선을 따라 무명수건 쓴 여인이 피어난다. 멀리서 지아비를 이별한 채 감나무에 기대 서 있거나, 아이를 업은 채 물동이를 이고 오거나, 오려 붙인 꽃잎 한 장 한 장마다 눈물로 밤을 지새우는.

돌꽃을 쓰다듬어본다. 따뜻한 기운이 손끝으로 전해져온다. 둥글게 휘어 움푹 팬 곳에서 잠시 손을 멈춘다. 회색빛 속살에서 문득 노래 한 소절이 들려온다. "이 풍진 세상을 만났으니 너의 희망이 무엇이냐." 끊어졌다 이어지고, 이어졌단 다시 끊어지는 바람의 노래. 어머님이 자주 부르던 노래가 영남루 난간 너머 밀양 강변으로 퍼져나간다.

풋바심

산꿩 울음이 박초바람을 타고 보리밭에 내려앉는다. 찔레꽃머리, 들판은 황금빛으로 일렁인다. 박우물 옆 꽃창포 잎에 초여름이 흐른다.

보릿단을 인 어머니가 마당으로 들어선다. 마른 젖 보채는 동생을 내게 맡기곤 댓돌 아래 털썩 주저앉는다. 알곡을 훑어 키에 담아 비비고 까불러서 멍석에 널면 마당은 천천히 어스름에 잠겨 든다. 땀과 보리 까끄라기로 뒤엉킨 어머니는 그제야 한숨을 돌린다. 묵은 양식이 떨어질 때면 마당엔 자주 풋바심이 널리곤 했다.

채 익기 전의 벼나 보리를 지레 베어 떨거나 훑어 풋바심을 했다. 늦봄엔 보리를, 초가을엔 벼를 훑어 식량으로 삼았다. 보릿고개는 넘기가 힘들었다. 가을에는 푸성귀나 고구마 등을 거둘 수 있었으니 봄보다는 한결 나았다.

가세가 기울대로 기운 집으로 시집온 스무 살 새색시는 줄곧 들녘차지가 되었다. 개간지의 물꼬는 타들어가고 산비알의 감자 농사는 씨감자 값도 건지기 어려웠다. 해를 거듭할수록 눈덩이처럼 불어나는 농자금 이자를 갚기 위해 젊은 아낙은 도붓장수에 나섰다. 대처로 나가 길 위에서 보내야 했던 어머니는 바심 철이면 돌아와 농사일에 매달렸다.

이른 봄엔 어른 아이 할 것 없이 쑥을 캤다. 집집마다 된장을 멀겋게 푼 쑥국을 끓여 먹었다. 보릿가루보다 쑥이 더 많이 들어간 쑥보리개떡은 오래 씹어야 겨우 넘길 수 있었다. 풋보리는 절구에 찧은 후 쪄서 밥을 했고 보리겨는 둥글둥글 빚어 보리개떡을 만들었다. 보리와 쑥은 춘궁기를 딛는 노둣돌이었다.

공부를 썩 잘 했던 고모는 중학교 졸업을 끝으로 공부를 접었다. 읍내 양재학원에 다니며 배우지 못한 설움을 달랬다. 당시 유행하던 월남치마를 독특한 디자인으로 만들어 사람들을 깜짝 놀라게 했다. 어린 나는 등굣길에 김 하사에게 보내는 편지 심부름을 자주 했지만 할머니 반대로 연애는 오래가지 못했다. 몇 번 중매쟁이가 들락거리더니 입 하나라도 덜어야 한다며 강 건너로 혼처를 정했다. 시집가기 전날 밤, 고모는 펑펑 울었다.

봄이면 어린 우리는 주전부리를 스스로 찾아냈다. 어른들 몰래 껍질 벗긴 풋보리에 사카린 물을 뿌려 호주머니에 넣고 다니며 먹거나 밀을 훑어 껌처럼 씹었다. 때론 잘게 부순 크레용을 넣어 알록달록한 껌을 만들었다. 콩대를 꺾어 불에 그슬어 먹는 콩서리를 할 때면 얼굴에 검댕을 칠하며 서로 놀려댔다.

순남 언니네는 우리 집 터서리 오두막에서 일곱 식구가 복닥거리며 살았다. 타성바지인 아저씨는 이 집 저 집 품을 들어 받은 곡식이나 삯으로 근근이 생계를 이었다. 말더듬이에다 사팔뜨기인 언니는 또래들과 어울리지 못해 도린곁*을 돌았다. 나병을 앓는 남동생 때문에 더 그랬을 것이다.

우물가 앵두가 익을 무렵이면 언니와 난 자주 소꿉 살림을 차렸다. 삽작구레 앞에서 쭈뼛거리는 언니 손을 이끌곤 볕 잘 드는 장독대에 자리 잡았다. 사금파리를 다듬어 그릇을 만들고 흙으로 밥을 지었다. 각시풀을 한 줌 뜯어서 머리채를 만들고 붉은 치마를 입히는 풀각시 놀이도 빠뜨리지 않았다. 그럴 때면 언니 얼굴은 박꽃처럼 환하게 피어났다. 소꿉놀이가 끝나면 늘 배가 고팠다.

타래산은 인근 동리에서 가장 큰 산으로 웅숭깊었다. 어른

---

*도린곁 : 사람이 별로 가지 않는 외진 곳

들은 큰 산 아래 인물 난다며 언젠가는 마을을 빛내줄 사람이 나올 거라고 기대했다. 사철 맑은 물이 흘렀고 모싯대, 꿩의다리, 누룩취, 노루삼 등 산나물이 지천으로 널렸다. 우리는 자주 산에 올라 나물을 뜯었다. 연한 것은 데치고 무성한 것은 묵나물로 만들었다.

가을이면 할머니는 풋벼를 쩌 말려서 찐쌀을 만들었다. 벼가 여물면 한 줌 베어다 대청마루 기둥에 묶어두고 애지중지 갈무리했다. 알곡은 이듬해 씨앗으로도 사용했으니 풍년의 기원도 담겨 있었다. 햅쌀을 정성스럽게 성주단지에 채워 넣어 조왕신께 올리고 두 손 모아 식구들의 무탈을 빌었다.

병이 깊어진 동생이 시설로 떠난 후, 순남 언니는 바깥출입이 더 줄어들었다. 심심해진 나는 그 집 봉당* 앞에서 자주 서성거렸다. 어느 날, 방문을 열자 어둑시근한 방에 술독 같은 것이 보였다. 그것은 이불을 뒤집어쓰고 앉아 덜덜 떨고 있는 언니였다. 볕뉘 하나 들지 않는 방에서 온종일 홀로 앓고 있었나 보다. 어른들은 호열자에 걸렸다면서, 근처에도 얼씬하지 말라고 아이들을 단속했다. 시름시름 앓으며 아랫목 차지하던 언니는 홀연히 세상을 등졌다. 철쭉이 온통 타래산 골짝을 물들이던

---

*봉당 : 안방과 건넌방 사이, 마루 놓을 자리를 흙바닥으로 그대로 둔 곳

봄날이었다.

둥글넓적한 얼굴에 눈매가 무던한 고모부를 보고 어른들은 이구동성으로 사람 좋아 보인다고 했다. 알음으로 방직공장에 취직하여 도시 변두리에 살림을 나갔다. 언젠가부터 외도한다는 풍문이 들려오기 시작했다. 고모가 보따리를 싸 들고 집으로 돌아온 것은 풋바심이 막 끝난 어느 해 늦봄이었다. 시집가던 전날처럼 밤새 울더니 끝내 강을 건너가지 않았다.

보리누름 철이면 대치 조개에 살이 오르기 시작했다. 모래톱에 책보를 마구 던진 조무래기들은 바지를 걷어붙이고 물속으로 들어갔다. 윤슬에 눈이 부셔 실눈을 떠야 했지만 맑은 물속엔 조개가 낸 길이 또렷하게 보였다. 가느스름한 그 길을 따라가 보면 영락없이 손바닥만 한 것들이 숨어있었다. 삼촌은 가끔씩 초망을 놓아 뱀장어나 붕어를 잡았다. 고모는 된장을 풀고 아욱을 넣어 조갯국을 끓이거나 장어를 푹 고아 내놓았다. 이른 봄부터 마른버짐을 달고 다니던 내 얼굴엔 반지르르 윤기가 돌았다.

살면서 수많은 보릿고개를 넘어왔다. 평생 화수분 같을 거라 생각했던 남편의 사업실패는 가장 큰 시련이었다. 승진을 위해 늦은 밤까지 아등바등했지만 수포로 돌아갔을 때는 좌절했다. 막내마저 타지로 떠난 집에서 빈 둥지 증후군을 오래 앓 았다. 주저앉고 싶을 때도 많았고, 더는 앞으로 나아가지 못할 것처럼 캄캄한 벽을 마주 보고 선 때도 있었다. 그때마다 풋바 심 같은 것들이 있어 황량한 시간을 견딜 수 있었다. 산나물과 보리 개떡과 대치 조개와 순남 언니와 고모와 삼촌 같은.

소만*이 지난 들판에 보리 물결이 넘실댄다. 이랑 사이로 아이들 웃음소리가 왁자지껄 피어난다. 어디서 뻐꾸기 울음소 리 들려온다. 밭둑 너머 감실감실 젊은 어머니가 보리 몇 단을 이고 온다. 들녘에 보리 향기 가득 퍼져나간다.

---

* 소만(小滿) : 24절기의 하나. 양력 5월 21일경으로 만물이 점차 생장하여 가득 찬다고 한다.

꽃 자 리

한 쌍의 원앙이 마주 보고 있다. 중앙엔 복福자가, 가장자리엔 부귀와 다복, 장수를 염원하는 당초 문양으로 운치를 더했다. 자색 자리 깃은 바래어 나들나들하다. 혼수로 가져온 꽃자리는 서른일곱 번의 계절을 지나며 시나브로 낡아간다.

화조류와 당초 무늬를 놓아 짠 돗자리를 화문석 또는 꽃자리라고 한다. 내가 결혼할 무렵엔 혼수품으로 흔치 않았다. 어머니는 귀한 꽃자리를 넣어 주면서 딸의 삶이 모란꽃처럼 함빡 피어나길 바랐을 것이다. 친정도 그렇지만 시집에도 화문석이 없어 첫 신행 때는 민무늬 돗자리에서 절을 올렸다.

마루에 깔린 꽃자리는 바라보는 것만으로도 시원했다. 무늬 또한 아름다워 집 치장에도 한몫했고 무삼베 같은 촉감은 사용할수록 정이 갔다. 여름철이면 꺼냈다가 더위가 물러갈 때쯤이면 꼼꼼히 먼지를 털고, 그늘에 말린 후 헝겊 싸개에 넣어 보관해두었다.

어머니는 중년에 들면서 독서실을 차렸다. 매일 교실 두세 칸 크기의 공간을 청소하며 비지땀을 흘렸다. 여름이면 무거운 보리차 통을 머리에 이다 날랐고, 겨울이면 연탄난로 독한 가스에 기침을 달고 살았다. 지친 몸으로 한밤중에 돌아와선 물이 넘치는 욕실의 배관을 뚫어야 할 때도 있었다. 새벽이면 어김없이 일어나 우리들 도시락 네 개를 준비하고 편찮으신 할아버지를 위해 죽을 끓였다. 임시직을 떠돌던 가장을 대신한 처지는 고달팠다.

꽃자리 하나 만드는 데는 수많은 손길이 필요하다. 먼저 이슬 맞은 왕골 줄기를 사나흘간 바짝 말린다. 자리틀에 올리기 전 물에 적셔두었다가 고드랫돌로 한 올 한 올 섬세하게 엮는다. 아홉 가지 염료로 원앙과 봉황, 십장생, 매화, 모란 등의 문양과 수복강녕壽福康寧, 만수무강萬壽無疆 글씨를 새겨 넣는다. 세 사람이 너비 예닐곱 자 화문석 한 장 짜는 데 닷새쯤 걸린다.

어머니는 결혼 후에도 벽촌을 떠나지 못하는 지아비를 보며 살길을 찾아 도회지로 나가자고 했다. 연년생인 남동생과 나, 큰 여동생은 할머니 댁에 맡겨둔 채 젖먹이 막내만 데리고 분가했다. 초등학교 사학년 초봄, 나를 먼저 데리고 간 것은 막내를 업고 행상 나가야 하는 당신을 도울 손이 필요해서였다. 생활비는 물론 소소한 용돈이나 공납금도 언제나 어머니 몫이었다. 때론 삶의 무게에 쓰러질 것 같은 홀앗이였지만 흔들림 없이 가정을 지켜냈다.

머리가 굵어지면서 속상한 마음을 있는 대로 드러내어 대거리한 적이 한두 번이 아니었다. 심사가 틀어지면 아침을 거른 채 대문을 소리 나게 닫고 등교했다. 남동생과 번갈아 가며 재수를 했고, 여동생 둘도 줄줄이 대학 진학을 앞두고 있어 어머니의 주머니는 더욱 얄팍해졌다.

시난고난했던 어머니가 삶의 터널을 막 빠져나왔을 때쯤이었다. 불현듯 오셔서 바쁜 딸을 위해 집안 구석구석을 쓸고 닦았다. 봄이면 엄나무 순과 두릅을, 가을엔 손수 짠 들기름과 검정콩을 가져왔고, 초겨울엔 김장을 보내왔다. 당신 아픈 것쯤은 아무것도 아니란 듯 서울 동생들에게도 낱낱이 부쳤다. 그렇게 하나씩 내어주며 조금씩 바래지더니, 일흔 중반을 넘으면서 뇌졸중 후유증으로 하루에도 몇 번씩 어지럼증을 겪었다.

바야흐로 녹음의 계절이다. 맞은편 산에선 뻐꾸기 울음소리가 마당으로 내려오고 서편 키다리 아까시나무에선 딱따구리가 한낮의 정적을 쪼아댄다. 뒤란엔 봉숭아와 원추리가, 안뜰 아치엔 능소화가 늘어지고 수국이 탐스럽게 부푼다. 뒤질세라 마당엔 백합 향기 자욱하다. 자연은 그렇게 새로운 꽃자리를 만들어 계절을 완성한다.

친정에는 사십 년도 더 된 석류나무가 있었다. 사방으로 뻗은 가지가 마당을 뒤덮어 늘 마뜩잖아하던 당신은 어느 날 아버지를 설득한 끝에 베어냈다. 나무가 차지한 자리는 생각보다 넓었다. 나는 나무 그늘에 가려져 있던 땅을 일구어 꽃밭을 만들고 상사화, 꽃무릇, 백합 구근을 묻고 분꽃과 목안개꽃 씨앗을 뿌렸다. 친정에 갈 때마다 계절에 맞는 꽃나무도 함께 심었다. 불두화, 능소화, 부부금슬을 뜻한다는 자귀나무 등이 돗자리 문양처럼 정원에 자리 잡았다.

삶의 단애에서 자식들을 제대로 돌보지 못한 애석함을 꽃밭에 풀어놓으려 한 것일까. 수시로 화초를 잔다듬고 잡초를 뽑아내며 당신은 정원에 머무는 시간이 많아졌다. 하루에도 몇 번씩 꽃들과 눈 맞추다 보면 어지럼증도, 병약해지는 육신에 대한 두려움도 잊는단다. 퇴근할 무렵이면 매일같이 전화로 "오늘은 무슨 무슨 꽃이 피었다, 나비도 날아왔다, 모두 네 덕분이다."라며 고맙다고 했다. 새로운 꽃이 피고 나비가 팔랑일 때 당신 마음도 함께 피고 날아올랐나 보다.

꽃을 가꾸면 긴장과 분노가 줄어들고 행복감이 높아진다. 그래서일까. 예전에 무뚝뚝했던 어머니는 요즘 조그만 일에도 자주 큰소리로 웃는다. 얼마 전 친정 꽃밭에서 오랜만에 함께 사진을 찍었다. 함박웃음을 웃는 당신은 나의 대학졸업식 때 함께 찍은 사진에서처럼 젊고 아름다웠다.

뜰 한쪽에 야외용 테이블 세트를 놓아드렸다. 두 분은 곧잘 그곳에 나란히 앉아 꽃을 보며 시간 가는 줄 모르고 얘기 나눌 때가 많다. 며칠 전 동생 내외와 마당에서 차를 마실 때였다. "63년 세월을 돌아보니 너그 엄마가 내게 과분했다. 고생만 시켜 미안하고 부끄럽다." 뜻밖의 아버지 말씀에 모두 놀랐다. 가부장적인 권위를 내세워 지금껏 어머니를 힘들게 하던 모습은 찾아볼 수 없었다. 산다는 것은 매 순간 새롭게 피어나는 것일까. 꽃을 바라보는 두 분의 굽은 등 뒤로 저녁노을이 환하게 내려앉고 있었다.

친정 꽃밭은 어머니의 화문석이다. 생이 저물도록 단 한 번도 가져본 적 없었던 당신에게 늘그막의 꽃자리는 더없이 행복해 보인다. 다음 친정 갈 때는 맨드라미도 심어드려야겠다. 난간에는 배풍등과 으아리꽃 넝쿨을 늘어뜨리면 어떨까. 어머니의 만화방창 봄은 다시 돌아오지 않겠지만 당신 꽃자리에 만수무강 글자를 새겨드리고 싶다.

세월에 닳은 희끗한 화문석을 가만히 쓸어본다. 시간을 되돌릴 순 없으나 한평생 자식들의 앞을 자리였던 당신에게 내 마음 한 자락을 내어 드린다. 화문석 수선집을 찾아 당초를 다시 피워야겠다.

..

모 살 뜸

    햇살의 한증막이다. 걸음을 옮길 때마다 발바닥이 불에 데인 듯 뜨겁다. 누울 만큼 적당하게 구덩이를 파고 들어가 달구어진 모래로 몸을 덮는다. 숨이 컥컥 막혀 마치 용광로를 안고 있는 듯하다. 답답함에 움직여보지만 마음대로 되지 않는다. 이 고통을 견뎌야 몸이 모살뜸에 적응할 수 있다.

    모살뜸은 모래찜질을 달리 부르는 말로 통증을 치료하는 민간요법 중 하나이다. 신경통이며 류마티스 등 쑤시고 저리는 데 효험이 있다고 알려져 있다. 그러고 보니 찜질하는 사람들은 거의 노인들이다. 입소문 따라 연로한 아버님을 모시고 온 걸음이었다. 가지고 간 얇은 옷을 꺼내 입었다. 금세 온몸으로 열기가 엄습해왔다. 한여름 뙤약볕에 달궈진 모래에 피부가 직접 닿으면 자칫 화상을 입을 수 있다.

아버님에게는 송곳 꽂을 땅뙈기 하나도, 소작 내어줄 마름 붙이도 없었다. 시할아버지는 시난고난 자리보전한 지 오래되었고 시할머니는 어린 시고모들에게 살림을 맡긴 채 바깥으로만 돌았다. 해마다 찾아오는 보릿고개는 넘기가 힘들었다. 다섯 남매 중 맏이인 당신은 굶주림으로 부황 든 동생들을 어떻게든 거두어야 했다. 긴긴 봄날 허기를 못 이겨 미곡선에 무작정 올라 떨어진 쌀 톨을 줍다 모질게 맞은 적도 있었다.

모래를 덮은 채 눈을 꼭 감고 누워 있는 아버님을 본다. 광대뼈는 불거졌고 주름진 턱은 홀쭉하다. 이마와 콧잔등, 입 언저리가 땀으로 얼룩져 모래가 검버섯처럼 묻어있다. 주위를 둘러보니 고만고만한 모래더미들이 즐비하다. 다들 자신에게 주어진 삶을 견딘 것처럼 폭서를 이겨내고 있으리라.

당신은 모살뜸 하듯 고통을 피하지 않고 정면으로 끌어안았다. 초례를 치르자마자 혈혈단신 관부연락선에 숨어들었다. 화물칸에 짐짝처럼 구겨져 있다 들켜서 보따리를 뺏기고 구둣발 세례까지 받았다. 먼저 일본으로 건너간 푸네기의 알음으로 겨우 산판에서 일을 시작할 수 있었다. 몸의 몇 배나 되는 통나무를 메고 비탈을 내려와 하루 일고여덟 트럭씩 실어내고 나면 어깨에선 진물이 터졌다. 상처에 옷이 달라붙어 저녁이면 소주를 부어 떼어냈다. 손바닥에는 돌덩이 같은 굳은살이 박이고 어깨가 고랑처럼 패였지만 일을 할 수 있다는 것만으로도 다행으로 여겼다.

　태평양전쟁 막바지, 일본에서 아슬아슬하게 징병을 모면할
수 있었던 것은 당신의 우직한 신뢰 덕분이었다. 힘들게 모은
돈을 가지고 잠시 귀국했다. 어머님을 데리고 나오기 위해서였
다. 고향에 얼마간의 논을 장만하고 부모님과 동생들에게 사정
을 알렸다. 사정이야 어찌 되었건 자식과 함께 살아야 한다며
끝까지 따라나서던 시어머니가 눈에 밟혀서일까. 어머님은 마
을 앞 물안개 자욱한 샛강에 이르자 절대로 건널 수 없노라고
했다. 실랑이 끝에 결국 아버님 혼자 일본으로 되돌아갔다.

　산판 일로 신임을 얻은 아버님은 목재사업에 손을 댔다. 야
심차게 벌목을 시작할 무렵, 일본 정부에서는 아무런 해명 없
이 임간 도로를 막아버렸다. 산더미처럼 쌓인 벌목은 산에 갇
혀 버렸고 사업은 부도가 났다. 그 후 어렵게 가내 양돈을 시작
해 제법 축사를 불려 나갈 무렵, 장마에 돼지들을 몽땅 떠내려
보냈다. 시련은 밀물처럼 끊임없이 밀어닥쳤고 그때마다 그것
들을 이겨냈다.

　이십여 년 만에 귀국했으나 기다리고 있는 것은 두 동생들
의 막무가내 손 벌림이었다. 형 없는 동안 맏이 노릇 했으니 보
상을 해내라고 성화였다. 막내 시삼촌은 툭하면 시비를 부려
경찰이 출동했고 해결은 전부 아버님 몫이었다. 그 틈에 지인
의 꾀임에 빠져 피땀으로 모은 돈을 고스란히 넘겨야 했다. 여

느 때처럼 시삼촌과 한바탕 난리를 치른 날, 그만 지병인 고혈압으로 쓰러지고 말았다.

몸이 데일 것처럼 뜨거운 모래를 뒤집어쓰고 삼십여 분 누워 있는 건 여간 힘든 일이 아니었다. 금방이라도 뛰쳐나가고 싶지만 그럴 수 없었다. 잠을 청했지만 점점 뜨거워지는 열기가 다시 짓눌렀다. 모래 온도가 높은 곳에 고구마나 계란을 묻어두면 익어버릴 정도라니 오죽할까. 눈을 꽉 감고 누워 있는 당신 얼굴을 본다. 물 적신 수건을 이마에 얹고 입을 꽉 다문 얼굴엔 광대뼈가 유난히 불거져 나왔다.

뙤약볕 아래 머릿수건을 싸매고 누워 있는 할머니, 오른팔을 길게 뻗고 있는 장년의 여인, 모래 위에 몸을 웅크리고 있거나 머릿수건을 질끈 동여맨 할아버지 등 주어진 자신만의 삶을 견뎌낸 사람들의 모습이 다양하다. 더러는 물에 들어가 몸을 식힌 후 다시 찜질을 시작하기도 하고 더러는 모래를 털고 떠나는 사람들로 분주하다. 한 생애가 고스란히 묻어나는, 어디에선가 본 듯한 낯익은 모습들이다.

피지의 벵가섬 사와우족에겐 뜨거운 돌 위를 맨발로 걷는 '불 건너기'가 있다. 땅에 구멍을 파고 돌을 채워 그 위에 땔감을 쌓아 불을 지른 후 돌이 뻘겋게 달아오르면 의식을 시작한다. 달궈진 돌 위를 한 발짝 한 발짝 걸어가는 모습은 고통스럽다기보다 평안해 보인다. 그들은 의식을 통해 삶의 고난을 이겨내는 법을 배운다.

쇳조각 하나가 연장이 되기 위해선 여러 차례의 풀무질과 메질, 담금질의 과정을 거쳐야 한다. 단련할수록 쇠는 더욱 강해진다. 아버님은 당신의 대장간에서 풀무를 세우고 쇠를 달구었다. 뛰쳐나가고 싶고 외면하고 싶고 어떨 땐 그냥 생을 마감하고 말까 한 적도 있었지만 매 순간순간을 이겨내어 비로소 오늘에 이르렀다.

작은 어려움에도 좌절하고 매사에 유약한 나는 아버님에게 배울 점이 많다. 무수한 담금질과 모살뜸을 견뎌낸 당신의 얼굴에 고요함이 감돈다. 주름진 얼굴에 흘러내리는 땀방울이 어떤 보석보다 반짝인다.

어디선가 시원한 바람 한 줄기 불어온다. 구름이 가만히 그림자를 펼쳐 한 생의 고단함을 덮어준다.

백 구

찔레 순 돋아날 무렵 사량지池 자드락길*에서 백구를 처음 만났다. 흰색 털을 가진 덩치 큰 개는 눈빛이 맑고 순했다. 가끔씩 우유를 부어주고 말을 걸며 쓰다듬었지만 부끄러움을 몹시 탔다. 제 밥그릇의 밥을 빼앗기고도 멀뚱하게 물러설 뿐 짖는 일은 단 한 번도 본 적이 없었다. 그래서 더 마음이 갔다.

사량지는 우리 동네 입새에 있는 면경 같은 못이다. 봄여름엔 온갖 꽃들과 신록이 가장자리를 수놓고 가을이면 솔숲과 쪽빛 하늘이 물속에 아늑하게 잠기곤 한다. 못가에는 한때 마을에서 곁방살이했던 장 씨가 인근 시가지에서 오가며 여러 마리

---

* 자드락길 : 나지막한 산기슭의 비탈에 있는 좁은 길

의 개를 사육하고 있었다. 대부분 장애가 있는 짐승들이었다.

사람이 그리운지 내가 지나가면 개들은 좋아서 목줄이 끊어져라 뛰어올랐다. 특히 애완견 말티즈의 짖음은 절규에 가까웠다. 벌에 쏘여 한쪽 눈을 실명했다는 그 개는 한때 사람에게 사랑받았던 게 그리워 더 그랬을까. 그해 중복, 털복숭이 누렁이가 떠나더니 절름발이 점박이도 보이지 않았다. 말티즈 역시 여름을 무사히 넘기는가 싶었지만 가을쯤 떠나고 백구만 남았다. 아마 몸이 성해서였을 것이다. 그때부터 나와 백구의 인연이 시작되었다.

못이 꽝꽝 얼어붙을 무렵 백구의 배가 눈에 띄게 처져갔다. 자세히 보니 새끼를 배었다. 제대로 해산할 수 있을지 걱정이 되어 매일 아침 개집을 살펴보았다. 순산을 위해 멸치 부스러기나 생선 뼈를 챙겨가는 날이 많아졌다. 매서운 바람이 몰아칠 땐 만삭의 백구가 걱정되어 평소보다 이른 시각에 집을 나섰다. 뚜껑이 날아간 휑한 개집이 보여 급한 마음에 뛰다가 돌부리에 걸려 넘어져 며칠간 찜질을 한 적도 있었다.

사량지 물빛은 날카로웠고 바람이 팽팽한 아침이었다. 온몸이 젖은 채 와들와들 떨고 있는 어미의 넓적다리 사이로 꼬물거리는 것이 보였다. 삭풍의 어둠 속에서 생명을 받아낸 것이었다. 산고로 널브러져 있는 어미 개 품속으로 강아지들이 필사적으로 파고들었다. 뱃가죽은 달라붙어 가슴뼈가 앙상하게 드러났고 부풀어 오른 젖은 혈관이 다 내비쳐 곧 터질 것 같았다. 저 몰골로 어떻게 새끼를 낳았을까?

날아간 개집 뚜껑을 찾아서 덮은 후, 나무에 걸린 넝마를 개집 바닥에 깔아주었다. 새끼들을 안으니 새 생명의 감촉이 따스하고도 뭉클했다. 예민해진 어미가 물까 걱정했으나 내가 하는 대로 맡겨두었다. 물기 어린 눈빛에 혼곤함과 경계심이 교차했다. 마른 젖꼭지에서 젖이 제대로 나올까 싶었지만 새끼들은 아랑곳하지 않고 엎치락뒤치락 제 어미의 가슴을 찾았다.

다음 날 아침부터 나의 해산바라지가 시작되었다. 한 손에는 따뜻한 물이 든 보온병을, 다른 손에는 영양가 있는 개밥그릇을 들었다. 못 입구에 들어서면 마음이 먼저 달렸다. 애써 깔아준 담요 깔개는 간데없고 차가운 플라스틱 바닥 그대로일 때면 내 몸이 절로 옹송그려졌다. 젖몸살을 심하게 앓고 있는 어미에게 강아지들이 서로 먼저 젖을 차지하려고 엉켜있었다. 어미 개는 저 생명들을 지켜낼 수 있을까?

강추위 속에서도 때가 되니 강아지들은 눈을 떴다. 어느 날, 어미를 간절히 올려다보는 강아지와 새끼를 그윽하게 내려다보는 백구를 보았다. 옹알이하는 아기와 눈을 맞추며 어르는 엄마의 눈길과 다름없었다. 그 천진한 눈동자들은 신비로울 만큼 반짝였다. 한낱 미물인 개도 저렇게 새끼를 낳고 돌보는데 그보다 못한 사람들이 얼마나 많던가. 탯줄을 겨우 끊은 아기를 공중화장실에 버리는가 하면 추운 겨울 어린이집 마당에 버렸다는 뉴스도 가끔씩 접한다. 사정이야 있겠지만 사람으로서 할 수 없는 일이었다. 백구의 불어터진 젖이 새삼 거룩해 보였다.

개밥그릇 바닥에는 누가 주고 갔는지 밥풀과 국수 가닥이 뒤엉켜 얼어 있었다. 뜨거운 물을 끼얹어 녹인 음식물을 쏟아내고 준비해간 따뜻한 개밥을 부었다. 어미 쪽으로 들이밀며 먹으라고 했으나 일별할 뿐, 고개를 외로 꼬았다. 내가 멀어지면 먹을 것이다. 얼굴이 익을 만도 한데 낯가림은 여전했다. 어미와 어린 것들이 겨울을 무사히 날 수 있기를 바라며 서둘러 아침 못으로 가는 것이 일과가 되었다.

어느새 봄이 왔다. 못가 버들강아지들이 눈을 틔울 때쯤 새끼들도 제법 자라 어미 곁을 맴돌며 재롱을 부리고 있었다. 추운 겨울을 잘 이겨낸 게 대견했다. 근처에 가면 앙증맞게 꼬리를 흔들며 졸졸 따라다니는 강아지들이 사랑스러워 한참을 머물다 오곤 했다. 무슨 일인지 장 씨는 토옹 보이지 않았다. 조금 더 크면 저것들은 어떻게 될까 걱정되었다.

바쁜 일로 한동안 사량지를 찾지 못한 사이 계절은 여름으로 향했다. 불현듯 백구가 걱정되어 부랴부랴 달려갔다. 아무리 둘러보아도 백구와 강아지들이 보이지 않았다. 새끼들을 데리고 어디로 간 것일까? 장 씨가 다 데리고 간 건 아닐까? 야산으로 올라가 다른 유기견들과 한 무리가 된 것인지도 모른다

싶어 부근을 다 헤매었지만 끝내 찾지 못했다.

빈 개집 위로 계절이 시나브로 지나갔다. 단풍잎이 떨어져 차곡차곡 쌓이는가 싶더니 호수 가장자리로 살얼음 끼는 겨울이 다시 찾아왔다. 추운 날씨가 계속되었고 사량지를 찾는 일도 뜸해졌다. 가끔씩 백구와 새끼들의 눈망울이 떠올라 마음이 아릿했지만 애써 지워버렸다.

겨울이 깊어진 어느 날, 모처럼 동구길 산책을 나갔다. 흐린 하늘에서 한 송이 두 송이 눈발이 비치기 시작했다. 그때 갑자기 등 뒤에서 개 짖는 소리가 들려왔다. 뒤를 돌아보니 백구가 어엿하게 자란 다섯 마리 새끼들과 함께 서 있는 게 아닌가. 나는 달려가 껴안으려 했지만 순식간에 사라지고 없었다. 백구가 사라진 길 위로 함박눈이 펑펑 쏟아지고 있었다.

삼 이웃

플라타너스 그늘을 거쳐 윤 씨네 집을 지난다. 논둑과 밭 덤불에 메꽃이 수줍게 길을 내고 있다. 나팔꽃과 비슷하지만 연분홍 꽃잎이 다소곳해 정겹다. 둔덕 같은 산들이 푸른 기지개를 켜며 아침 인사를 건넨다. 왼쪽 들머리 길 끝엔 백 씨네와 이 반장 집이 이마를 맞대고 있다.

풋풋한 숲 기운을 마시며 새벽 동구길을 걷는다. 인동초꽃과 찔레꽃이 은은한 향기로 인사한다. 무등산 솔숲을 딛고 건너온 바람에 무논[•]은 초록 스크럼을 짜며 눕는다. 한낮이면 햇발들이 벼 포기포기 사이를 뛰어다니며 한차례 숨바꼭질을 할 터이다.

─────

•무논 : 물이 괴어 있는 논

동구길 왼쪽으로 조금 돌면 사량지가 있다. 겨울이면 청둥
오리 떼 군무가 장관을 이루는 곳이다. 더러 숲의 정령 같은 물
안개를 만나곤 한다. 자잘한 풀꽃과 나무들이 싱그러운 아침을
연다. 버려진 페트병이나 폐비닐, 농약병과 음료수통 등을 줍
는다. 몇 두락의 논을 부리는 사람들이 함부로 태워버리기 때
문이다.

마흔 고개를 넘자 갇혀 있는 듯한 아파트 생활이 답답했다.
플라스틱 배관을 타고 내려오는 물소리가 아닌, 후박나무나 파
초, 고추 이파리와 고구마 넝쿨에 흥건히 쏟아지는 빗소리를
듣고 싶었다. 나무와 풀, 벌레와 곤충 같은 생명이 깃든 흙을
밟고 싶었다. 숱한 발품 덕분에 기회가 왔고 우여곡절 끝에 조
그만 둥지를 틀 수 있었다. 도심 가까이지만 산이 병풍처럼 둘
러 있고 계단식 논이 올망졸망한 시골 마을이다.

옆집 김 노인은 칠십을 훌쩍 넘기고도 남의 논을 부치고 소
소한 품을 든다. 맏아들 사업실패로 헐값에 문전옥답 다 처분
했기 때문이다. 얼마 전부터 노총각 아들과 함께 기거한다. 가
을이면 딸이 손주들 앞세우고 추수해놓은 것을 가져가기 위해
두어 번 다녀가는 외에 찾는 이가 별로 없다. 겨울 아침이면 해
소 기침 소리가 자주 울타리를 넘어온다.

최 노인은 몇 년 전 아내와 사별 후 옆 마을에서 이사 온 식

용유 장수이다. 서울의 오십 대 여인을 재취로 맞던 날, 새 부인의 이삿짐을 보며 동네 사람들은 더는 외롭지 않을 것이라고 입을 모았다. 하지만 일 년을 넘기지 못하고 갈라섰다. 지병을 핑계로 지나친 치료비를 요구했기 때문이다. 자식들의 반대를 무릅쓴 재혼이었는데 노인의 어깨가 더 굽어 보였다.

장 씨는 마흔 넘어 같은 종교 덕분에 어여쁜 필리핀 아내를 맞이했다. 몇 년 전 제천에서 경운기 하나에 세간살이를 싣고 왔다. 16여 시간을 꼬박 달려 도착하니 경운기가 못 쓰게 되었단다. 남의 농사도 부치며 도심 근교의 공터를 갈아주는 품일을 한다. 정부 보조금을 받아 그럭저럭 살아간다. 품삯을 넉넉히 받았을 때는 동가숙서가식 했던 지나간 얘기를 하곤 한 턱 내겠다며 환하게 웃는다.

육십을 바라보는 윤 씨는 소주를 입에 대기 시작하면 두 달 이상 갔다. 안주는 냉수뿐, 음식은 전혀 입에 대지 않았다. 매일 아침 남편의 가슴에 귀를 대고 숨소리로 생사를 확인해야 하는 그의 아내 속은 진즉에 숯검정이 되었다. 일터인 과수원에 가기 위해 우리 집 앞을 지나가야 하는데, 음주 기간 중 그의 모습은 허깨비 같았다. 술에 취했을 때는 횡설수설하지만 온전할 때는 깍듯이 예를 갖추었다.

이곳에 둥지를 틀 수 있었던 것은 앞집 최 씨 아내 덕분이다. 학교운영위원회에서 마침 옆에 앉아 얘기를 나누던 중 매물로 나온 맞춤한 대지가 있다고 했다. 택지를 찾다가 지쳐있던 중이라 귀가 번쩍 띄었고 계약이 성사되었다. 그녀는 우리보다 7년 먼저 정착했다. 인정 많고 음식 솜씨가 남달라 푸짐한 상을 차려 곧잘 이웃을 청한다. 정월 대보름이면 여덟 가구 동네 사람 모두 집으로 불러모아 오곡밥과 갖은 나물을 대접한다. 윷놀이로 흥을 돋우며 토박이들과 우리처럼 외지에서 들어온 사람들과 융화를 위해 애쓴다.

질박하지만 진솔한 이들과 함께 어울리며 가뭄을 걱정하고, 농사 걱정도 하며 음식을 나눈다. 퇴근길에 들일 갔다 오는 김 노인을 만나 "들에 갔다 오십니까?"라는 인사말을 건넬 때면 고향에 돌아온 듯 푸근하다.

중국에서는 유토피아를 대동大同 세상이라 불렀다. 대동이라는 말의 동同자는 상형 문자로, 천막을 쳐 놓고 그 밑에서 사람들이 함께 밥을 먹는 모습이란다. 같이 땀 흘려 일하고, 먹고 마시며 어울리는 모습이야말로 이상적인 삶이라는 뜻이 아닐까 싶다.

삶 이웃은 흙담 하나를 사이에 두고 자질구레한 일까지 함께 걱정하고, 기뻐하며 작은 음식 하나도 담 넘어 나누며 살았던 우리들의 이웃을 두고 한 말이다. 자연에 순응하면서 소소한 음식을 나누고 이웃 간의 정을 쌓으며 오래 대동 세상에서 살고 싶다.

..

겯 점

해거름 산성길이 고즈넉하다. 오랜만에 만난 그녀와 들꽃 점점이 피어있는 성벽 따라 걷는다. 그녀 특유의 해맑은 웃음소리가 꽃무릇 위에 내려앉는다. 두 사람의 그림자가 가을 풍경 한켠에 겯점으로 찍힌다.

서른 초반, 그녀는 남편의 임지 따라 서울에서 영일만까지 왔다. 나긋나긋한 서울 말씨와 웃을 때면 살짝 보조개 패는 옆모습이 신선했다. 좀처럼 속내를 드러내지 않지만 이치에 어긋날 때는 자신의 목소리를 냈다. 한 학기도 가기 전에 우린 친해졌다.

조금씩 속사정을 털어놓게 되었다. 홀시어머니와 시누이와 함께 살게 된 신혼은 몹시 힘들었단다. 결혼하자마자 시집 생활비, 공부하는 남편 뒷바라지, 시누이 대학등록금을 떠안았다. 월급과 적금, 송금할 돈의 액수를 헤아리며 자주 이마에 손을 얹었다. 하지만 돌아오는 것은 수고한다는 말 대신 당연히 해야 할 일을 하면서 자신들을 불편하게 한다는 원망이었다. 물질적 어려움보다 마음 고생으로 더 힘들었단다.

나는 선이 굵은 생김새에 색깔이 강했다. 옳다 싶으면 상사에게 의견을 굽히지 않았고 행동에도 거침이 없었다. 한 발 뒤로 물러나 숙고를 거듭한 후에야 움직이는 그니와는 반대의 성격이었다. 사람을 진심으로 대해야 한다는 생각 외엔 공통점이 별로 없었다. 그런데도 우린 자석에 끌리듯 붙어 다니며 우정을 쌓아갔다.

곁점은 주의를 끌기 위하여 글자 옆이나 위에 찍는 점을 말한다. 어떤 것에 관심을 집중시킨다고도 할 수 있어 중요한 부분에 밑줄을 긋는 것과 같다. 가로쓰기에서는 글자 위에, 세로쓰기에서는 글자 왼쪽에 표기하기도 한다. 훈민정음에선 음절의 높낮이를 나타내기 위하여 글자 왼쪽에 둥근 점을 찍기도 했다.

교원노조가 태동할 무렵, 학교는 교권 단체에 대한 동조와 반대로 어수선한 분위기였다. 전교조 지지 서명을 했다는 이유로 어두운 학교 방송실에 몇 번이나 불려가 사유서를 쓰는 곤욕을 치렀다. 문제교사로 낙인찍혀 따가운 눈총까지 받았다.

그녀는 불합리와 막막함을 토로하는 내 손을 따뜻하게 잡아주
며 등을 토닥여주었다.

꽃무릇은 꽃 지면 숨겨두었던 새순을 꺼내 곁점을 찍는다.
엄지손톱만 한 점은 제 몸피의 수십 배나 되는 빈 꽃대를 단단
히 붙잡아 이듬해 가을에 새로운 꽃대를 올린다. 그녀는 꽃무
릇 새순처럼 흔들리는 나를 굳건하게 잡아주었다.

얼마 후, 그녀는 모교 대학으로 옮겨가는 남편을 따라 떠났
고 자연스럽게 멀어졌다. 잊고 있을 무렵, 낯익은 필체의 국제
편지 한 통을 받았다. 동반휴직을 하고 안식년 중인 남편과 함
께 캐나다에서 조금씩 마음의 여유를 찾고 있단다. 귀국한 뒤
에도 우린 간간이 손편지를 주고받았다.

서울에서 상담연수나 워크숍이 있을 때면 그녀는 한걸음에
달려왔다. 한강 유람선에서 바라본 야경, 정동길 밤 축제, 인사
동과 서촌 갤러리, 강화해변의 모래톱에 붉게 번진 까치놀 등
추억 앨범에 차곡차곡 쌓았다. 나의 교원문학상 수상 축하를
위해 빙판길 운전도 마다하지 않고 달려와 눈 쌓인 남한산성
둘레길을 걷기도 했다.

호계삼소는 '호계虎溪에서 세 사람이 웃다'라는 뜻으로 〈여
산기〉에 나오는 얘기다. 혜원법사가 도연명과 육수정을 배웅
하면서 이야기를 나누다 호계를 지나쳤다. 법사는 누구든 호계
까지만 배웅한다는 자신의 철칙을 깬 것으로 세 사람의 우정이

그만큼 깊었다는 뜻이다. 친구가 삶을 얼마나 풍요롭게 해주는 지 알 수 있다.

오십 고개를 넘으면서 새벽 두 시면 어김없이 가위눌려 깨어났다. 엄습하는 불안은 일상을 송두리째 흔들었다. 정신 잃은 사람처럼 여기저기 부딪치며 헤매었다. 마치 신호등이 고장난 사거리에 홀로 서 있는 것 같았다. 눈을 크게 뜨고 끊임없이 사방을 두리번거렸지만 직진과 우회전 좌회전, U턴과 일시 정지 등 어떤 신호도 들어오지 않았다. 어느 길로 가든, 어떤 우회로이든 아무래도 좋았다. 불빛만 비친다면 따라갈 텐데….

매일 전화로 안부를 묻는 그녀의 목소리는 따뜻하고 편안했다. 햇살처럼 시린 어깨를 어루만지며 둥글게 나를 쬐어주었다. 사람은 사람을 쬐어야만 살 수 있다면서. 마음 깊은 곳에서 교감하는 그녀는 내 영혼의 도반, 소울 메이트였다.

세기적인 배우 마릴린 먼로의 심벌은 볼의 작은 점이다. 20세기 팝 아트의 대가 앤디 워홀의 판화작품에서 그녀의 점찍은 얼굴이 알려지게 되면서 더욱 유명해졌다. 점이 없는 그녀의 얼굴은 상상이 되지 않는다. 일약 스타덤에 올라 전 세계적인 스타가 된 것도 어쩌면 그 점 때문이 아닐까 싶다.

오래전 명예퇴직한 그녀는 여유롭게 취미를 즐기며 꾸준히 내면을 가꾼다. 강산이 세 번 바뀐 시간, 우린 여전히 함께 삶을 꿰어가고 있다. 가끔씩 만나 속내를 드러내놓고 이야기를 나누다 보면 힘들었던 일들이 조금씩 녹아내린다.

깨어진 종을 치면 소리가 갈라지지만 그 파편을 치면 맑은 소리가 난다고 한다. 내 삶의 파편을 두들겨 준 이는 그녀다. 강화벌판을 지나온 바람이 산성을 휘돌아나간다. 떨어져 걷던 그녀가 가만히 팔짱을 낀다. 곁점처럼.

동 고 비

횟 휘이잇!

새소리가 창을 두드린다. 벚나무 가지에 새 한 마리가 앉아 있다. 머루알 같은 새카만 눈을 또록또록 굴리며 부지런히 부리를 놀린다. 눈가에 검은색 선이 뚜렷하고 등은 청회색이다. 동고비다. 언뜻 보면 나뭇잎에 가려 잘 보이지 않으리만치 몸집이 작다. 안으로 들어오고 싶은 걸까. 자꾸만 나를 본다.

열일곱에 혼례를 올린 할머니는 당시 풍습대로 묵신행을 했다. 열네 살 새신랑은 처가에 오면 또래 친척들과 자치기나 말타기 놀이에 정신이 팔렸다. 장인이 그만 놀고 집에 가라는 소리를 듣고서야 마지못해 발길을 돌렸으니 철부지 꼬마 신랑이었다. 할아버지는 결혼 이듬해인 중학교 이학년 여름방학을 끝으로 다시는 학교로 돌아갈 수 없었다. 학식 높은 백종조가 젊어서부터 관직을 돌며 가정에 소홀했던 터라 지레 걱정을 한 증조할아버지가 책을 모두 불살라버렸기 때문이다.

사방 십 리 할아버지 땅을 밟지 않고는 마을에 들 수 없을 정도였다. 서리 가을이면 소작료를 실은 우마차 행렬이 대문 밖까지 길게 늘어섰다. 하지만 선불리 차린 소주 공장의 실패로 가세는 눈에 띄게 휘청거리기 시작했다. 어렵게 시작한 방앗간 기계 소리가 온 마을에 퍼질 때 동네 사람들은 '논 팔아 택택이'라며 수군거렸다. 방앗간마저 실패로 끝나자 가세는 기울었다. 세상 물정에 어둡고 소심했으니 당연한 결과였는지도 모른다.

할아버진 생계를 돌보지 않은 채 밖으로만 에돌며 문맹의 할머니를 업신여겼다. 소 판 돈을 장날마다 노름으로 날린 적도 있었다. 그럴 때마다 할머니는 베틀에 앉아 시름을 달랬다. 바디를 잡고 북으로 씨실 날실을 엮다 보면 어느새 봉창이 희붐해져 왔다. 당신 길쌈은 새*가 고와 이웃 동리까지 소문이 자자했다. 손톱이 닳도록 일했지만 당신 삶의 새는 촘촘하질 못했다.

봄 숲은 딱따구리 둥지를 서로 차지하려는 새들로 분주하

---

*새 : 피륙의 촘촘한 정도

다. 작고 힘없는 동고비는 다른 새들이 관심을 두지 않는 겨울 끝자락에 대역사를 시작한다. 하루에 수십 번 진흙을 물고 와 둥지를 만든다. 뾰족했던 암컷 부리는 보금자리가 완성될 즈음이면 닳아 뭉툭해진다.

할머니는 갓밝이에 집을 나서 산비알을 개간했다. 곰배로 흙덩이를 부수고 자갈을 골라내는 일은 여간 고되지 않았다. 손이 갈퀴가 되도록 김을 매고 계곡을 오르내리며 물을 져 날랐지만 소출은 미미했다. 어린 내가 새참을 내가면 뙤약볕에 홀로 엎드려 일하는 할머니의 야윈 가슴팍은 수크령에 긁혀 벌겋게 부풀어 있었다. 농사는 넷이나 되는 고모와 삼촌들의 공납금, 우리 남매 기성회비와 비료 값을 대고 나면 신통찮았다.

머리가 내려앉을 듯 장 보따리를 인 십리 길은 작은 체구의 할머니에게 벅찬 일이었다. 무명수건 하나로 땡볕을 가리고 삼베적삼이 다 젖도록 난전 머리를 지켰다. 늦은 저녁상을 물리고 나면 허리춤의 '福'자가 새겨진 붉은 색 주머니를 풀어 어린 우리들에게 셈을 맡겼다. 장에서 되가져 온 보퉁이 크기에 따라 할머니는 안도감과 걱정이 갈마들었다. 하지만 손주들을 위해 해진 보퉁이 한구석에 눈깔사탕이나 부채 과자 챙기는 것을 잊지 않았다. 호야등 둥그런 불빛 아래서 장거리를 갈무리하는 구부정한 그림자가 이따금 바람에 일렁이곤 했다.

삼월 끝자락이면 동고비 암컷은 둥지를 완성해 놓고 진흙이 마르기를 기다린다. 딱따구리가 몇 번 쪼면 한순간에 무너질 것이므로 잠시도 한눈팔 수 없다. 흙이 다 마르면 알을 낳기 시작한다. 대부분 암수 번갈아 가며 알을 품는 것에 비해 동고비는 암컷 혼자 품는다. 부화 온도가 떨어지지 않도록 제 몸을 하루종일 바닥에 붙이고 꼼짝하지 않는다.

오동꽃 향기를 좋아했다는 할머니는 취기가 돌면 손가락 장단에 맞추어 소리 한 자락을 뽑았다. 시집올 때 가마꾼이 네 명이나 되었다고 말할 땐 얼굴 가득 홍조가 피어났다. 여자이기 때문에 교육을 받지 못한 것 외엔 남부러울 것 없이 컸던 당신은 결혼생활도 그럴 줄 알았단다. 남달리 흥이 많아 정월 대보름 지신밟기 할 때면 이마에 수건을 질끈 동여매고 풍물꾼을 따랐다. 어깨춤을 덩실덩실 추던 할머니의 그 흥이 간난을 견디게 한 힘이었는지도 모른다.

당신은 손발이 유난히 작고 여렸다. 씨앗을 뿌리고 흙을 덮던 할머니 맨발은 내가 보기에도 농사일과 어울리지 않게 고왔다. 장마철이면 지병인 천식을 견디느라 엎드려 이마를 괸 두 팔이 저리도록 가쁜 숨을 몰아쉬었다. 휘잇휘잇 목에서 끊임없이 새 울음 같은 소리가 새어 나왔다. 그것은 평생 짊어져야 했던 가장의 무게와 가슴 깊숙이 묻었던 자식들 때문이 아니었을까. 피난길에 네 살배기 아들을, 열병으로 내리 딸 셋을 가슴에 묻었던 것이다. 그래도 딸네에 가면 때때로 돌아가신 할아버지를 그리워했다고 한다. 장날 저녁, 어쩌다 '임자' 하며 박하분이나 포목점에서 끊어온 물색 치마저고리 감을 쑥스럽게 내밀던 생전의 할아버지를 떠올리며.

얼마 전 친정아버지가 할머니 유품이라며 자루가 빠진 호미 한 자루를 내밀었다. 호미 날이 여느 것의 반밖에 되지 않을 만큼 좁아서 의아했는데 닳아서 그리된 것이란다. 동고비 같은 부지런함 하나로 지난한 삶을 버텨낸 당신의 땀이 고스란히 녹아있는 것 같았다. 할머니 삶을 기억하고 있을 반쪽 날의 호미를 가만 쥐어 보았다. 당신 손을 맞잡은 듯 뭉클했다.

나들이 때면 아끼던 물색 한복을 꺼내 입고 웃음 짓던 할머니는 이제 당신이 개간했던 밭머리에 고요히 누워있다. 연보랏빛 쑥부쟁이가 구름을 이고 바람에 하느작거리는 곳이다.

생의 반환점을 돌아온 지도 한참 지났다. 게으름의 덫에 걸려 무심히 흘려보냈던 시간을 뒤돌아본다. 고단한 삶을 헤쳐 나왔던 할머니의 한뉘를 생각하며 내 삶의 결을 가다듬는다.

창문을 열었다. 손을 저어도 꼼짝 않던 동고비는 무슨 말을 할 듯 말 듯 꽁지를 몇 번 흔들더니 서쪽으로 날아간다. 새가 떠난 자리에 물색 한복 자락 같은 가을 하늘이 걸려 있다.

..

쿠 킹 클 래 스 , 올 리 바

재즈 음률이 아늑하게 깔린다. 창으로 비껴든 햇살이 장식용 올리브 가지에 내려앉는다. 고풍스러운 청동 촛대며 꽃무늬 찻잔이 이국적 분위기를 자아낸다. 창 너머로 두꺼비 바위와 시누대 숲이 그림처럼 펼쳐진다.

오랜 외국 생활을 접고 귀국한 딸은 2층 거실을 쿠킹 클래스로 꾸몄다. 두 달간 쉼 없이 준비한 끝에 '올리바'를 열었다. 그것은 올리브의 다른 말로 딸이 가장 좋아하는 나무이다. 꽃과 채소가 프린트된 액자, 양각 무늬가 돋보이는 종 모양의 와인 잔, 엔틱 스탠드와 창가의 오밀조밀한 소품들로 꾸며져 유럽의 여느 카페를 그대로 옮겨온 듯하다.

크레타 섬에는 고대 그리스 시대에서부터 자라난 수령 3000년의 올리브나무가 있다. TV 화면 속 올리브는 겹겹의 주름이 바람을 휘감듯 뒤틀려있고 줄기는 깍지 낀 손가락처럼 우툴두툴 엉켜있다. 수천 년이 지난 지금까지도 살아남을 수 있었던 것은 상처가 생길 때마다 분절적으로 구획 지어 병균의 외부침투를 막은 덕분이란다. 올림픽 월계관은 처음부터 이 나뭇가지로 만들어왔다.

둘째는 영어 한 과목 외엔 죄다 평균을 밑돌았다. 진로를 걱정하던 중, 이모가 있는 이탈리아에서 패션 공부를 제안하니 눈을 반짝였다. 남편은 친정붙이가 있다지만 조기유학은 득보다 실이 많다며 완강하게 반대했다. 오랜 갈등 끝에 열다섯 살 여름, 딸은 밀라노로 갔다.

타국에서의 생활은 의사소통을 비롯하여 모든 게 낯설고 힘들었지만 차츰 적응해 갔다. 뜻밖에 아카데미 진학을 앞두고 갈림길에 섰다. 그리기에 서툴던 아이는 끊임없는 연습에도 불구하고 의상스케치의 한계에 부딪혔던 것이다. 상품구성 기획을 담당하는 MD(머천다이저)나 헤어 디자이너로 전공을 바꾸려고 했으나 여의치 않았다. 오랜 고심 후에 6년간의 유학 생활을 접기로 했다.

귀국한 딸은 검정고시를 준비하며 적성에 맞는 일을 찾던 중, 요리에 끌렸다. 수소문 끝에 세계적인 요리 명문교인 '알마' 한국 분교에서 밀도 높은 6개월 과정을 끝내고 출국했다. 손재주가 많던 아이는 세심한 손길이 필요한 음식 만들기에 기량을 발휘하며 순조롭게 익혀나갔다.

이탈리아 본교에서 1년간 전역을 순회하며 수습과정을 차곡차곡 밟았다. 베니스에선 자정까지 근무할 때가 많아 졸음을 쫓으려고 에스프레소를 수도 없이 마시며 가까스로 견뎌냈다. 한밤중에 힘듦을 토로하는 국제전화에 마음졸인 적이 한두 번이 아니었다. 토끼나 닭을 직접 잡아야 하는 혹독한 수련을 이겨내고 무사히 졸업했다. 하지만 셰프가 되기까지의 과정은 녹록지 않았다. 도제식의 엄격함 앞에 주눅 들었고 밀폐된 주방의 뜨거운 열기에 숨이 막혔다. 촌각을 다투는 요리에 방광염을, 무거운 요리 팬을 다루느라 손목 건초염을 앓으면서 중도에 그만두었다.

귀국해서 일자리를 찾다가 명품 구매대행 바람을 타고 이탈리아로 진출한 회사에 취업하여 다시 출국했다. 고군분투하며 자리를 잡을 무렵 우후죽순으로 생겨난 유사업체들에 밀려 설 자리가 없었다. 통역 아르바이트를 했으나 높은 물가와 월세 감당에 벅찼다. 미래에 대한 막막함으로 밤잠을 설쳤지만 또 다른 일자리를 알아보며 희망을 가졌다.

《나무를 심은 사람》에서 엘제아르 부피에는 모든 것을 잃어버렸다고 생각했을 때 황량한 계곡에 나무를 심었다. 그는 절망과 고독 속에서 살아있다는 것을 확인하지 않고는 견딜 수 없을 때, 스스로 포기하지 않기 위해 나무와 함께했다. 수십 년 후, 계곡은 푸른 숲을 이루었고 사람들이 모여들어 번창한 마을을 이루었다.

딸은 큰마음 먹고 좋아하던 올리브 한 그루를 들였다. 때맞춰 물주고 묵은 잎을 떼어내면서 둘 곳 없어 서성이는 마음을 붙잡아 매었다. 정성 덕분이었는지 나무는 황백색 꽃을 피웠다. 풍요를 상징하는 올리브는 아이에게 재기할 수 있는 용기와 위안을 주었다.

코로나 팬데믹으로 상황은 점점 나빠졌다. 캔들 공예와 플로리스트 과정에 매진하며 불안한 마음을 애써 눌렀다. 수료 후 교민들 대상으로 클래스를 열었으나 역부족이었다. 인문학 서적과 시집을 읽으며 마음을 다독였지만 두려움은 가시지 않았다. 밤을 지새우며 번민한 끝에 19년간의 이탈리아 생활을 접기로 했다.

올리브나무는 가지 끝부분이 죽어도 뿌리는 새로운 줄기를 밀어낸다. 작고 단단한 잎이 반짝이는 것은 열과 바람으로부터 수분 증발을 막으려는 자기 보호이다. 아픔을 딛고 성장한 나무는 뜨겁고 건조한 지중해 지역과 척박한 곳에서 늘 푸른빛으로 사람들에게 기름과 열매를 내어준다.

아일랜드 식탁에 전열 기구와 올리브 기름병과 허브 감미료가 그득하다. 딸은 코스별 시연을 끝낼 때마다 예쁜 접시에 솜씨 좋게 담아낸다. 스파게티 위에 치즈를 솔솔 내리는 손놀림은 춤추듯 리드미컬하다. 사람들은 흔치 않은 스튜디오 풍경에 놀라고 풍미 깊은 요리에 감탄한다. 영국산 홍차 향과 간간이 끼어드는 재즈 선율을 음미하며 지중해 분위기에 흠뻑 젖는다.

올리바 클래스는 점차 입소문을 탔다. 도심 속 전원 풍경과 현지에서 익힌 이탈리아 가정식 요리라는 조합으로 사람들의 구미를 당겼다. 재택근무 조건의 통역사로 취업하여 클래스를 병행할 수 있었다. 딸은 몇 번의 절망을 겪으면서 고비마다 주저앉지 않고 자신에게 맞는 일을 찾아 도전했다. 그리곤 마침내 성취라는 열매를 맺었다. 스스로 상처를 치유하며 강인하게 자라는 올리브처럼.

파울로 코엘료는 온 마음을 다해 원한다면 실현되도록 우주가 도와주는 것을 '표지標誌'라고 했다. 표지판은 주어진 삶의 지도를 따라 여행하며 스스로 만들어 나가야 하리라. 인생을 살맛 나게 해주는 건 꿈이 실현되리라는 믿음 때문이 아닐까. 자연재해와 전쟁 등 숱한 어려움 속에서도 흔들리지 않고 살아남은 고대 올리브나무는 존재의 의미를 깨닫게 해준다.

햇살이 은빛 그물을 펼친다. 올해는 안뜰 양지바른 곳에 올리브나무 한 그루를 심어야겠다. 아이의 꿈이 나무를 타고 단단하게 자라날 수 있도록. 클래스를 장식할 꽃바구니에 딸의 웃음소리가 가득 담긴다.

하 얀 방 검 은 방

    드넓은 실내엔 백과 흑뿐이다. 온통 새하얀 공간에 무채색 일색의 작품이 전시되어 있다. 주최 측에서 제안한 검은 옷을 입고 꼼꼼히 살펴본다. 하얀 방은 백지상태에서 작품과 관객이 마주함으로써 생각을 그려내는 캔버스가 된다. 관람객들의 움직임을 통해 비로소 전시가 완성되므로 모두 적극적인 참여자가 된다.

    옛 초등학교 자리에 미술관이 들어섰다. 개관 20주년 기념 특별전 '타불라 라사, 하얀 방'에 마음이 끌렸다. 타불라 라사는 빈 석판 혹은 백지라는 뜻의 라틴어로 존 로크의 철학적 담론이다. 사람은 태어날 때는 깨끗한 석판과 같은데 성장하면서 경험과 교육 등이 인격을 만든다는 것이다.

    젊은 시절엔 유채색에 매료되었다. 자신을 드러내는 일이라면 힘든 일도 마다하지 않고 도맡았다. 나뭇가지 뒤쪽의 꽃으론 벌과 나비를 끌 수 없어 흰색 잎을 내세워 눈길을 끌려는 개다래꽃처럼 존재감을 나타내기 위해 안간힘을 썼다. 노랑과 빨강, 파랑을 덧입히면서 그것이 나라고 생각했다.

사십 문턱을 넘으면서 마흔이라는 두 글자가 중압감으로 다가왔다. 더는 젊지 않다는 것, 뭔가 이루어야 한다는 강박감에 수시로 짓눌렸다. 수채화와 풍물, 평생교육원 사진반과 문예 강좌를 기웃거렸다. 안개꽃 다발을 세밀하게 묘사하며, 꽹과리와 장구 가락을 풀어내면서 이것이 내 색깔이라 위안했지만 헛헛함은 여전했다. 어떤 것도 내가 아니라는 불안이 수시로 엄습해 왔다. 그때부터였을 것이다. '너는 어떤 색이야?'라는 근원적 질문이 뇌리를 떠나지 않은 것은.

하얀 방은 관객의 발걸음으로 메워지고 비워진다. 이동하는 위치에 따라 만들어지는 여백은 작품의 심상을 확장시킨다. 동선에 따라 연결점을 찾아내며 감상하는 것이 새롭다. 검정과 하양은 상반되는 색이면서도 모든 색을 흡수하거나 반사하여 다른 색들과 잘 어우러진다. 무채색의 고유한 내러티브를 감상하고 있으니 형상들이 조금씩 다가온다.

좁고 긴 복도로 옮겨 간다. 가운데 한 작품을 중심으로 마주 보고 있는 구조라 마치 소실점 속으로 들어가는 듯하다. 촬영한 이미지를 한지에 인화한 특별 기법이 이채롭다. 수묵화를 사진이라는 이질적인 매체에 수용함으로써 표현의 한계를 넓히고자 했다는 작가의 말에 고개를 끄덕인다. 몇 번이나 오가며 찬찬히 살펴본다. 복잡한 채색화의 숲을 지난 원숙기에야 비로소 그 모습을 드러내는 게 수묵화가 아닐는지. 전통적인 서예 기법과 동양회화의 경계를 넘나든 작품을 보니 알 수 없는 감동이 밀려온다.

오랫동안 밀쳐두었던 흑백 카메라를 다시 든 것은 사진 동호회 J의 권유 덕분이다. 그녀는 사진반에서 만나 십수 년간 돈독한 우의를 이어오고 있는 네 사람 중 한 명이다. 자신의 길인 듯 묵묵히 걸으며 지역 사진가로 자리매김하고 있다. 그니의 개인전과 그룹전을 보며 흑백사진에 대한 향수가 화선지에 먹물 스며들 듯 번졌다. 디지털 세계에 염증을 느끼던 나는 무채색의 담백함에 빠져들었다.

아날로그 재현을 위해 전시회 '다크룸'을 기획했다. 인공지능이 이미지를 생산하는 현실에서 사진의 역할이 화두였다. 오프닝을 며칠 앞두고 온종일 암실 작업에 매달렸다. J의 진심 어린 조언과 이끌어 준 열정 덕분에 무사히 합류할 수 있었다. 장독대 반영과 뒤란 돌담 위의 고추 말리는 산대기 등 우리 집 풍경 넉 점을 걸었다. 역량 있는 작가들의 사진에 비하면 소품이었지만 흑백을 제대로 살려냈다는 호평을 받았다. 추위로 손가락이 뻣뻣하던 겨울과 땀띠로 고생했던 여름의 시간이 스쳤다.

사진에서 광선은 매우 중요해서 원하는 빛을 한없이 기다려야 할 때가 많다. 어렵게 필름 몇 롤을 채우면 작업실로 간다. 칠흑 같은 어둠 속에서 현상 통에 필름을 옮겨 감다 바닥에 떨어뜨리기라도 하면 그야말로 앞이 캄캄하다. 하지만 암실에 들어설 때면 묘한 안정감으로 마음이 부드럽고 따뜻해진다. 열등감에서 벗어나 안식처가 되어주는 것도 그런 이유 때문이다.

인화에 들어가면 더 힘든 과정이 기다리고 있다. 흑이 지나치면 필요한 부분에 손이나 종이 등으로 빛을 막는 닷징dodging을, 백이 지나치면 원하는 곳에만 빛을 더 주는 버닝burning을 한다. 독특한 분위기를 위해 의도적으로 백과 흑을 더 줄 때도 있다. 반복을 거듭하며 막바지다 싶지만 아닐 때가 많아 다시 적정 빛을 찾는다. 마침내 흑과 백을 살려내면 안도의 숨을 내쉰다.

무채색은 색상이 존재하지 않아 명도는 있으나 채도는 없다. 모든 빛을 반사하면 하양이고, 흡수하면 검정이 된다. 흑과 백의 색을 얻기까지는 무수한 회색의 시간을 거쳐야 한다.

색채마술사 마티스는 그의 생애 마지막 작품으로 방스의 로사리오 성당에 성화를 그렸다. 수묵화처럼 하얀 타일 위에 검은색 선만을 사용하여 표현했다. 세속의 감각적인 것과는 거리를 두려는 의도였다. 여든이 넘은 마티스는 검은색과 흰색의 단순함을 표현하며 마지막 작품이 될 것을 예감했다.

빛은 파동과 입자의 성질을 모두 지닌다. 삶이 빛이라면 일은 파동이고 쉼은 입자라 할 수 있겠다. 감당해야 하는 일과, 쉼이 있어야 하는데 그렇질 못했다. 수십 년간의 현직 생활에선 한 치 앞을 내다보지 못하고 일과 욕망에 갇혀 버둥거렸다. 끊임없이 타인과 비교하며 속을 끓였다. 꼭꼭 여며두었던 위선과 허세는 얼마나 많았던가. 삶의 편린은 때때로 명청색明靑色일 때도 있었지만 대부분 탁색이었다.

'베어버리자니 풀 아닌 게 없지만 두고 보자니 모두가 꽃이더라.'는 말이 있다. 지켜보고 기다려줘야 할 텐데 그러질 못했다. 상대 탓으로 돌리며 섣부르게 평가하고, 내 치수에 맞춰 함부로 잘라냈다. 절대적 기준을 정해 놓고 모든 것을 거기에 맞추려는 프로크루스테스의 침대처럼. 갈등하고 아파하고 부끄러워한 인생길 어딘가에 놓치고 산 시간들이 잔기침을 하고 있을지도 모르겠다. 혼탁한 채색의 터널을 지나면 나도 무채색의 흑과 백에 닿을 수 있을까. 모든 색을 건너온 이순이라는 나이는 백과 흑으로 가는 여정이 아닐까 생각하면서 하얀 방을 나온다.

들판을 건너온 색바람이 미술관 광장을 어루만진다. 수시로 들끓는 원색의 감정들로 힘들었던 날들을 톺아본다. 그 혼돈의 시간을 가라앉히고 이젠 백과 흑의 간결함으로 살고 싶다. 유채색의 혼재에서 자주 길을 잃고 헤맸던, 난만한 색을 건어낸 자리에 가만히 오늘의 무채색을 놓는다.

PART 3

자작나무 사이로

..

모죽

어슴푸레 깔린 이내*가 신비함을 자아낸다. 발아래 여기저기 솟은 죽순들이 느낌표 같다. 뾰족한 순을 만지자 알싸한 향기가 코끝에 스친다. 비 그친 대숲은 원시림 같다.

어머니는 뇌 기능 퇴화로 음식 맛을 잃어버렸지만 죽순 무침 맛은 용케 기억한다. 죽순을 찾아 반나절이나 걸려 달려온 이곳은 한때 대나무생산지로 유명한 곳이었다. 어두운 땅속, 어떤 역경에도 흔들리지 않는 대나무 뿌리의 단단한 삶을 생각해본다. 더듬이 같은 죽순을 뽑아 올리자 문득 어머니의 생애가 딸려 나온다.

---

*이내 : 해 질 무렵 멀리 보이는 푸르스름하고 흐릿한 기운

어머니는 한촌에서 칠 남매 막내로 태어났다. 일찍 아버지를 여의고 형편이 어려워 초등학교 삼학년을 마지막으로 더이상 학교를 다닐 수 없었다. 그것은 두고두고 한이 되었다. 스물에 부잣집 맏아들과 혼담이 오갔고 엄한 큰오빠의 뜻에 따라 초례를 올렸다. 소문과는 달리 시집은 가세가 기울어가고 있는 한미한 집안이었다. 혼수를 적게 해왔다는 구박과 함께 시작된 시집살이는 갈수록 고되었다.

대나무 중에 최고로 치는 모죽은 씨를 뿌리고 정성껏 가꾸어도 바로 싹이 나지 않는다. 사방 십 리가 넘도록 땅속으로 번져 숨죽인 채 뿌리만 내린다. 오 년이 지나서야 비로소 순이 돋아나고 하루에 수십 센티미터씩 자란다.

할머니는 맏이였던 아버진 늘 뒷전이었고 안정된 직장에 다니는 삼촌이 대들보라며 추켜세웠다. 어머니에겐 사사건건 트집을 잡았다. 그럴 때마다 어머니는 두려움에 떨면서 좌불안석이었다.

어머니의 시간은 슬픔의 뼈대였다. 아득한 허공에 대竹를 세우기 위해 어둠을 더듬으며 당신의 길을 냈다. 모진 시집살이를 견디며 간난을 이겨나갔다. 넘어지려는 고비마다 다시 일어서며 억센 마디를 하나둘 만들었다. 분절음 같은 대나무의 마디를 들여다보면 가끔씩 울음소리 같은 게 들리는 것도 그 때문일 것이다.

어느 해 이른 봄, 어머니는 열에 들뜬 어린 나를 뉘어놓고 해가 이울 때까지 보리밭을 맸다. 저녁 설거지까지 마치고서야 겨우 읍내로 향할 수 있었다. 할머니는 곤고한 살림에 씨식잖은 딸을 둘러업고 병원으로 가는 며느리가 마뜩잖았다. 자꾸만 뒤로 젖혀지는 아이를 추슬러 업느라 마음이 앞서 걸었다. 의원은 급성경기로 손발이 비틀리고 전신이 파랗게 질린 아이를 보더니 마음의 준비를 하라고 했다. 눈앞이 하얘졌지만 용하다는 침술원을 찾아 다시 밤길을 나섰다. 도착했을 땐 아이가 환자인지 어머니가 환자인지 분간이 되지 않았다.

생사기로에서 가까스로 회생한 아이를 추스르며 밤이 이슥해서야 쓰러질 듯 들어왔다. 며느리가 끝내 못마땅했던 할머니는 손에 잡힌 옹솥을 그대로 던졌다. 아슬아슬하게 어머니 이마를 스쳐 마당에 떨어졌다. 더는 견딜 수 없어 친정에 갔지만 외할머니의 서슬에 물 한 모금 마시지 못하고 내쫓겼다.

모죽 죽순은 마디가 무척 짧지만 강풍을 막아 대나무를 지탱하는 원동력이다. 청천 높은 장대 숲으로 자라기 위해선 짧고 많은 마디를 만들어내야 한다.

냄비 하나와 숟가락 두 개로 분가하여 사방사업소 임시직을 어렵사리 구한 아버지는 봄 한 철이 지나면 일거리가 없었다. 꽃가루가 지분처럼 날리는 봄부터 송곳 바람이 몸을 덮치는 겨울까지 어머니의 무명치마는 길 위에 섰다. 자식들 공부를 제대로 시켜 당신의 못 배운 한을 풀고 싶었다. 막내 동생을 업고 머리가 내려앉을 것 같은 무거운 보따리를 이고 나가면 계절이 바뀌어서야 돌아왔다. 한숨 돌릴 틈도 없이 시집에 가서 보리타작을 하거나 나락 단을 묶었다.

'겨울이면 남의 집 행랑에서 바지춤 속에 막내를 넣어 언 몸을 녹였다. 어린 것의 푸르뎅뎅한 손발을 주무르며 많이도 울었니라.' 어머니의 도붓장사는 대부분 가을놓이였으므로 이문보다 젖먹이 잔병치레가 더 많았다. 길은 아득하기도, 때론 끝나는 곳에서 다시 시작되기도 했다. 어머니는 모죽의 뿌리처럼 막막한 어둠 속에서 길을 내고 헤쳐 나갔다. 당신의 행상은 꺼져가는 호롱불 같은 살림을 조금씩 되살리는 기름이 되었다.

오랜 병상에 누워 지내는 노 환자의 거처는 정갈했다. 오물을 받아내고, 씻기고, 때맞추어 죽을 끓이며 어머니는 할머니의 수족이 되었다. 치매기 있는 할머니는 어쩌다 정신이 돌아오면 어눌한 목소리로 '느그 어미 같은 며느리가 없다'고 했다. 그 말 속에는 지난날 며느리에 대한 미안함이 녹아 있었다. 어머니는 아흔셋 할머니의 마지막 길을 따뜻하게 배웅했다.

가장의 무게에 짓눌린 당신의 무릎은 속 빈 대나무처럼 숭숭 구멍이 뚫려 있었던 걸까. 난데없이 넘어져 다친 다리는 영영 절뚝거리게 되었다. 평생 가난을 안고 살다 이젠, 무릎까지 꺾인 어머니의 삶을 생각하면 꺾은선그래프가 떠오른다. 내가 알지 못하는, 그래프의 물결선이 된 부분은 얼마나 더 많을까.

어머니 앞으로 죽순 접시를 당겨드린다. 왼쪽 이마의 불룩한 흉터가 오늘따라 도드라져 보인다. 평생 상처가 되었을, 옹솥이 스친 흔적을 바라볼 때마다 마음이 아릿하다.

어린 우리들에게 어미 품을 제대로 내주지 못한 것이 한이 된다는 당신의 젊음은 이제 안개처럼 스러졌다. 그 헌신을 딛고 오늘의 내가 있다. 주름지고 뭉툭한 손을 잡으면 갈퀴 같은 그 끝에서 보따리를 인 어머니가 어룽거린다.

겨우내 움츠렸던 이파리들이 기지개를 켜며 하늘 향해 팔을 벌리고 있는 대나무를 보노라면 문득 땅속뿌리가 궁금해진다. 얼마나 곡진한 시간이 지나야 저처럼 반짝일 수 있을까. 햇살 반짝이는 대숲의 군무 너머로 빛바랜 무명치마가 오래 흩날린다.

정 원 을 연 주 하 다

봄 정원은 미뉴에트다. 강풍한설을 견뎌낸 수선화와 설련화가 성급히 봄을 켠다. 세련된 배색의 연주복을 입은 분홍노루귀, 얼레지, 앵초가 합주를 시작한다. 비제의 〈아를르의 여인〉이 마당에 울려 퍼진다.

작은 선율 하나라도 놓치지 않으려 그 앞에 쪼그려 앉는다. 키 낮은 제비꽃이 무릎을 당겨 눈을 맞춘다. 딱따구리는 드르르르륵, 멧비둘기는 구구구 반주를 넣는다. 정원의 연주는 고전적이지만 난해하지 않다. 여고 때, 늦은 밤까지 클래식 음악 감상실에 앉아 DJ에게 신청곡 쪽지를 넣던 일이 떠올라 살짝 미소 짓는다.

결혼 초, 편리해서 선택한 아파트였지만 거대한 성냥갑을 쌓아놓은 듯한 회색빛 성城은 보기만 해도 숨이 막혔다. 정형화

된 패턴과 반복되는 일상에 서서히 지쳐갔다. 차가운 모퉁이를 돌 때마다 찬바람이 몰려왔고, 이십여 년간 까닭 없는 두통에 시달렸다. 오래 마음에 품고 있었던 마당 있는 집을 실행에 옮기려고 결심했다.

무수히 발품을 팔았으나 마땅한 곳이 눈에 띄지 않았다. 땅이 마음에 들면 도심에서 너무 떨어졌거나 그렇지 않으면 턱없이 비쌌다. 아파트의 편리함을 고집하는 남편을 설득하는 것도 버거웠다. 그러길 수년 후, 우연히 기회가 찾아왔다. 뒤쪽으론 야트막한 산이 병풍처럼 둘러쳐져 있고 긴 동구길까지 천수답이 이어진 돋을양지*였다. 집터에서 보면 저수지를 돌아오는 오솔길이 한눈에 보였다. 길가에 늘어선 은사시나무들이 마을의 정취를 한껏 돋워주었다. 뒷산에 너럭바위가 있어 돌골이라고 했다.

시큰둥해하던 남편은 전국주택박람회까지 찾아다니며 꼼꼼히 준비해서 어느 해 초봄, 드디어 기초를 올렸다. 주택시공업자와 이런저런 일로 갈등하며 우여곡절 끝에 마을 맨 위쪽 산자락에 아담한 보금자리를 앉힐 수 있었다. 드디어 꿈꾸던 뜰과 텃밭을 가꿀 수 있는 전원생활이 시작되었다.

---

*돋을양지 : 돋을볕이 비치는 양지

여름 정원은 탱고다. 쉼터 아치에 늘어진 주황빛 능소화와 백합이 트럼펫을 연주한다. 영화 〈여인의 향기〉에서 주인공 알 파치노는 사고로 눈을 잃고 의욕을 상실한 채 무의미한 일상을 보낸다. 우연히 만난 여인에게 '탱고는 실수라는 게 없으며 만약 스텝이 엉키더라도 그게 바로 탱고'라며 열정적인 춤을 춘다. 그 후 새로운 삶의 의미를 찾게 된다.

빗물 스미어 채도 높은 파초가 에메랄드빛으로 나를 끌어당긴다. 맨발로 그 아래에 서면 전신이 울창한 초록이 된다. 코끼리 귀같이 펄럭이는 이파리에 떨어지는 빗소리는 리스트의 〈위로〉 선율 같다. 부드럽고 따스한 손길로 상처받은 영혼을 어루만져 주는 듯하다. 나는 알 파치노의 여인이 되어 사분의사박자 스텝을 밟는다. 빗소리와 탱고가 하나로 어우러진다.

해마다 무수히 올라오는 대나무와 뿌리를 걷어내고 돌덩이 같은 척박한 땅을 일구었다. 허리까지 자란 명아주와 쇠비름, 왕바랭이는 뽑아내고 돌아서면 다시 무성해졌다. 등목하듯 연신 땀이 흘러내리는 목과 팔은 환삼덩굴에 긁혀 상처투성이가 되었다. 엉덩이를 땅에 붙이고 일하다 보면 허리가 욱신거리고, 마음만 앞서 바삐 놀린 호미질에 손등 찍히기 일쑤였다.

뜨거운 지열 속에서 잡초를 뽑고 나면 몸은 파김치가 되었다. 흙과 땀으로 범벅된 옷을 여러 번 갈아입곤 하지만 생명의 에너지가 넘치는 정원에서 삶의 의미를 찾는다. 베네딕트회 수

도사들은 주어진 정원 일을 한다. 원예는 신체와 정신과 영혼이 균형을 이룬다는 믿음으로.

전원생활이 낭만적인 것만은 아니었다. 마당 일을 온전히 내게 미루는 남편 때문에 가끔 속이 상했다. 울도 담도 없어 이웃 간 사소한 일에 관심이 많아 때론 간섭이 되었다. 호형호제하다 보니 막역함이 오히려 오해를 불러일으킬 때도 있었다. 동네 대소사를 의논할 때면 자주 마찰을 빚어 괜히 이곳으로 와서 고생하는가 싶어 후회가 앞섰다. 그 틈새로 막내마저 떠난 빈 둥지 증후군이 불쑥 찾아왔다. 퇴근 후면 차 안에서 꼼짝 않고 어둠 속에 갇힌 집을 오래 바라보기도 했다.

데이비드 소로는 홀연히 문명을 등지고 월든 호숫가로 갔다. 자신의 오두막에 세 개의 의자를 두었다. 벗을 위한 우정의 의자, 방문객을 위한 사교의 의자, 그리고 자신을 위한 고독의 의자였다. 그는 고독의 의자에 주로 앉아 자신을 성찰했다. 나도 '나를 위한 의자'를 만들어 정원 한쪽에 두고 가끔씩 앉아서면 산이며 흘러가는 구름을 바라보곤 했다. 삶은 정해진 멜로디가 없는 즉흥 재즈 음악과 같은 것이라면 내게 불쑥 끼어든 반갑지 않은 변수도 조정할 수 있지 않을까….

가을 정원은 라벨의 소나티네다. 정원에서는 모든 일이 느리게 흘러간다. 꽃, 관목, 나무는 스스로의 속도에 맞추어 성장

한다. 벌개미취, 구절초가 저마다의 자리에서 계절을 물들인다. 바람이 지나가면 감나무와 은행나무가 허공을 스타카토로 채색한다. 의식을 치르듯 마른 나뭇가지를 모아 모닥불을 지펴 낙엽 타는 냄새를 맡는다. 푸른 연기가 졸린 듯 느릿느릿 소나무 우듬지를 휘감고 사라지는 것을 무연히 바라본다. 서걱대는 대숲이 묵화를 그리는 달밤엔 낙엽들이 유난히 바스락거린다.

시간이 지나면서 차츰 동네 사람들과도 친해졌다. 십여 호가량 되는 주민들은 절반 이상이 외지에서 이주해온 사람들이다. 그동안 겪었던 소소한 다툼은 정겨운 삼 이웃으로 거듭나는 계기가 되었다. 봄가을 농사철엔 품앗이를, 동네 부역이 끝난 뒤엔 함께 모여 음식을 나누었다. 그간 무심했던 남편은 잔디를 깎고 가지치기를 하며 열심히 정원을 가꾸어 주었다.

겨울 정원은 바흐의 무반주 첼로곡이다. 바흐는 이 곡으로 만년 조연이었던 첼로를 전면에 우뚝 세웠다. 연극이 끝난 후의 무대처럼 정적이 흐르는 정원은 다음 연주를 위한 쉼의 시간이다. 솜털 덮은 꽃눈을 달고 봄을 준비하는 목련의 지혜를 본다. 추위를 껴안고 견디는 배롱나무가 통찰의 결구 같다.

전원생활을 하면서 얻은 것들이 많다. 수시로 찾아들었던 막연한 불안의 원인은 나에 대한 타인의 생각과 판단을 지나치게 의식한 것이었다. 비교하지 않고 있는 그대로 만족하면서 살아가는 풀과 꽃과 나무와 새들을 보면서 일상에 감사하는 법을 배웠다. 계절의 순환 속에서 순리대로 살다 보니 자연스레 몸과 마음이 치유되었다.

다시 봄이다. 요한 슈트라우스 2세의 〈봄의 소리〉 왈츠는 귓바퀴에 감기다가 마당을 지나 산허리에 닿는다. 마냥 기다릴 게 아니라 오늘은 내가 먼저 봄 마중을 나가야겠다. 햇살과 바람의 손을 잡고 아지랑이를 따라간다. 오솔길을 발맘발맘• 걸어 사랑지池를 지나 너럭바위까지.

•발맘발맘 : 한 발씩 또는 한 걸음씩 길이나 거리를 가늠하며 걷는 모양

사 량 지 둘 레

첨벙, 물꽃이 피어난다. 파문은 둥글게 원을 그리며 천천히 뒷걸음질한다. 느리게 퍼져나가는 물 테는 나사말과 좀개구리밥을 지나 부들과 갈대 뿌리 근처에서 흐름을 멈춘다.

사량지 둘레는 사계절 생명의 수런거림으로 가득하다. 찔레 순과 각시복숭아, 여뀌, 억새, 아카시아, 눈꽃까지. 수면엔 하늘과 구름과 숲이 내려와 그린 기하학적인 문양이 가득하다. 방아깨비, 여치가 날아다니는가 하면, 박새, 굴뚝새가 보금자리를 틀기도 한다. 데이비드 소로가 '푸른 하늘을 쳐다보는 대지의 눈'이라고 했던 월든 호수가 이러했지 않을까 싶다.

살아갈 날이 살아온 날보다 더 짧아지고 있다는 것을 느낄 때쯤 지난 시간을 돌아보게 되었다. 남들보다 뒤처져 주눅 든 모습이 초라했다. 새벽이면 어김없이 깨어나 좌불안석에 시달렸다. 자신을 탓하며 몰아세울수록 막막함으로 조여들었다. 보이지 않는 거대한 손이 꼼짝달싹하지 못하게 나를 움켜쥐고 있는 것 같았다.

간밤 비에 말갛게 씻긴 하늘 한 자락이 맑은 물에 빼꼼히 얼굴을 내민다. 나지막한 산등성이도 한가하게 내려와 발을 담근다. 손으로 건지고 싶으리만치 투명하다. 바람이 쑥부쟁이를 두어 번 흔들다가 노랗게 단풍 든 아카시아 이파리를 허공에 띄운다. 가을 물상들을 잘 버무려 내 눈 속에 부려놓고 몇 두락 들녘을 건넌다. 저무는 풍경들이 천천히 계절을 채색한다.

꽁꽁 언 수면에 살풋 내린 눈은 올이 성긴 아사를 펼쳐 놓은 것 같았다. 산책길에서 만나던 어미 개는 어느 날, 마른 억새 아래 새끼 다섯 마리를 순산했다. 생명의 탄생은 겨울이라고 예외는 아니었다. 변변찮은 보금자리에서 강아지들은 눈을 떴고 못은 그것들을 측은지심으로 품어주었다.

내 삶은 물방개처럼 제자리를 맴돌고 있었다. 지나버린 날의 회한과 잡으려면 벗어나 버리는 현재와, 형태가 없는 미래는 마치 거대한 독수리가 덮치는 듯했다. 두려움은 누구에게도 덜어줄 수 없어 오롯이 내 몫이었다. 견유주의자처럼 모든 것을 내려놓고 자연스럽게 살아갈 순 없을까. 고민이 깊어졌다.

소로는 월든 호숫가 숲속에 손수 오두막을 짓고 이년 여 동안 어느 것에도 속박받지 않고 살았다. 침대와 책상 하나, 그리고 의자 세 개로 최소한의 삶을 꾸려나갔다. 그는 자주 '고독을 위한 의자'에 앉아 자신만의 시간을 즐겼다. 고독만큼 마음이 잘 통하는 벗을 만난 적이 없다며. 호숫가와 숲의 아름다움을 만끽하고 사유하며 마음의 평화를 얻는 모습은 오랫동안 큰 울림이 되었다.

인생 학교에서 수많은 시험을 치렀다. 어떤 문제가 나올지 몰라 쩔쩔맬 때도 있었고 간단히 통과하기도 했다. 시도조차 하지 않았던 숱한 결심, 잡지 못하고 지나가 버린 많은 기회, 누군가의 도움으로 비켜 간 위험, 큰돈을 벌 수 있었던 순간, 승진할 수 있었던 일…. 살아오면서 기쁜 것들도 많았을 텐데 단면만 보여주는 달처럼 이제껏 삶의 어두운 면만 보진 않았는지.

오후의 햇발을 받으며 걷는 둘레길은 따뜻한 이불 속 같다. 강태공이 세월을 드리우고, 젊은 아빠가 예닐곱 살 아이에게 자전거 타기를 가르치는 해거름이 아늑하다. 비틀거리는 작은 은륜에 노을이 반짝인다. 내 속엔 아직도 자라지 않은 어린아이가 웅크리고 있는 것일까. 떨어져 지냈던 젊은 아버지의 모습이 오버랩된다. 낚시꾼들이 낸 세 갈래 길이 풀밭 위로 뽀얗게 도드라진다.

자드락길엔 수크령, 찔레, 조팝, 두릅과 싸리나무 등 작은 것들이 주어진 자리에서 저마다의 삶을 산다. 밀잠자리 몇 마리 낮게 날자 물결이 고요하게 번진다. 둥근 파문의 물꽃, 떨림과 여운 사이로 피어난 윤슬이 수천 마리 나비 떼의 군무 같다. 무위의 시간이 충만감으로 넘친다. 연못은 너른 품으로 꽃과 나무와 새와 짐승을 안아주고, 지친 사람을 위로해준다.

클로드 로랭은 새벽과 저녁 무렵 강에 걸린 태양이 빚어낸 자연을 묘사하는데 탁월한 화가다. 그의 작품 〈석양의 항구〉를 보면 자연스레 저녁노을에 시선이 머문다. 붉은색과 주황, 노랑이 섞인 풍경은 역동적이면서 목가적이다. 퇴근길에 우연히 마주한 석양과, 이른 아침 물안개를 비추는 햇귀 가득한 연못 주변을 보면 로랭의 풍경화가 떠오른다.

야트막한 산자락으로 선홍빛 하늘이 내려앉는다. 푸드덕 날아가는 멧비둘기 소리, 볼을 간지럽히는 바람…. 사량지 무정물無情物의 설법을 들으며 걷는 것은 엑스터시, 존재의 환희다. 과거와 미래에 얽매이지 않고 현재에 몰입할 때 비로소 얻을 수 있는 것들이다. 장그르니에가 '지금 이 순간을 꽉 끌어안지 않는다면 어떤 삶도 제대로 사는 것이 아니다'라고 했던 것처럼.

타인과 비교하며 하나라도 더 채우려고 아등바등했던 지난날을 톺아본다. 이룰 수 없는 것들은 미완으로, 감당해야만 하는 것들은 비켜서지 않고 껴안는 것이 삶임을 깨닫는다. 내 안의 것들을 조금씩 보듬다 보면 사량지 둘레처럼 웅숭깊어지리라. 허공을 걷는 듯하던 경중 걸음이 그제야 땅에 닿는 것 같다.

..

앵 무 조 개 의 시 간

조개가 견뎌온 시간의 흔적일까. 줄무늬 나이테가 촘촘하다. 심해를 오갔던 흔들림이 껍데기 위에 고스란히 남아있다. 중심을 향해 물돌이 모양으로 나누어진 방들은 간격이 일정해서 더 단단해 보인다.

앵무조개는 나선형 중심에 있는 검은 점이 앵무새 부리를 닮아 붙여진 이름이다. 렌즈가 없는 특이한 눈, 외계생물을 떠올리게 하는 흐늘거리는 촉수는 원시성 그대로이다. 조개는 서른 너덧 개 방에 일정한 비율로 공기나 물을 채워 부력을 조절하면서 심해와 해수면을 오르내린다. 끊임없는 하강과 상승으로 자신의 삶을 완성했으리라.

대학에 떨어진 나는 고장 난 테이프처럼 반복되는 엄마의 지청구를 들었다. 두어 달 입시 학원에 다닌 게 재수의 전부였다. 간신히 입학했고 뒤늦게 발령이 났으며 도망치듯 결혼했다. 허름한 아파트 담장 밖을 내다보며 자전거로 퇴근하는 남편을 기다렸다. 단둘만의 소박한 밥상을 마주하면 이런 게 행복이구나 하는 생각이 들었다.

배려심이 많은 그는 웬만해선 화를 내지 않아 동료들뿐만 아니라 상사들에게도 인기가 많았다. 입사 초기 큰 프로젝트로 새벽에 귀가할 때도 있었지만 불평 한마디 없었다. 그러던 어느 날 사사건건 모멸감을 주는 상사 밑에서 더는 견딜 수 없다며 사표를 내고 싶다고 했다. 내 집 장만을 꿈꾸며 적금 입금액을 꼽아보던 나는 가슴이 철렁 내려앉았다. 매지구름이 둥둥 떠다니는 집안에서 산소가 부족한 조개처럼 자주 숨을 몰아쉬었다.

서른 중반, 빠듯한 살림 속에서도 내 집 장만을 할 수 있었다. 새로운 보금자리의 설렘도 잠시, 큰애가 갑자기 학교에 가지 않으려 했다. 고집불통에 감정조절이 서툴러 따돌림을 받는다는 담임교사의 연락을 받았다. 전학으로 인한 낯선 환경에서 적응하는 과정일 것이라며 애써 위로했지만 상황은 점점 나빠졌다. 이번엔 내가 사표를 고심하며 캄캄한 심해 속을 헤매었다.

암모나이트와 앵무조개는 유사해 보이지만 다르다. 앵무조개는 껍데기에 볼록한 모양의 격벽이 대칭으로 형성되어 있다. 체온유지와 부력을 얻을 수 있는 공기주머니로 깊은 바다에서 생존을 가능하게 한다. 해수면에서 강한 물살과 낮은 기온에 노출된 암모나이트는 환경에 적응하지 못하고 멸종되었다.

갓 마흔에 희망퇴직을 한 남편은 야심차게 새로운 일을 시작했다. 사업전망을 꼼꼼히 확인하며 대리점을 시작했지만 얼마 가지 않아 접고 말았다. 조직 밖의 세상은 암초투성이였다. 출근하는 아내 대신 집안일을 맡아 화장실과 욕조 바닥을 닦고 설거지며 빨래까지 하는 그를 보면 마음이 고되었다.

앵무조개는 제트류로 물을 쏘아 이동한다. 헤엄칠 땐 뒤로 나가기 때문에 곧잘 부딪힌다. 그럼에도 심해의 높은 압력 속에서 오억 년이나 멸종하지 않고 생존해 '살아있는 화석'으로 불린다.

앵무조개껍질의 많은 방은 피보나치 수열처럼 정교하다. 해바라기 씨가 중심에서 바깥쪽으로 휘어져 햇빛을 많이 받을 수 있는 것, 꽃잎의 수가 겹치지 않는 것과 같은 이치다. 잠자리 날개, 솔방울, 달팽이 껍질 등에서도 볼 수 있는데 존재를 위해 적절한 거리로 교차하는 자연의 지혜이다.

석사과정 마치고 강산이 한 번 바뀐 공백을 딛고 쉰 줄에 들어 상담학과 박사과정을 밟았다. 퇴근 후 야간수업을 마치고 귀가할 때면 자정이 넘을 때가 많았다. 졸음운전으로 반대편 차선을 넘어가 위험했던 때가 한두 번이 아니었다. 한계에 부딪혀 논문을 쓰지 못하자 뼛속까지 절망했다. 나는 왜 번번이 뒷걸음질일까? 자신을 탓할수록 수압은 높아졌다.

각오를 다지고 여러 지역의 상담심리센터 교육과정을 섭렵했다. 휴일과 방학 땐 새벽차로 상경해서 이튿날 새벽에 귀가했지만 수련 과정을 잘 견뎌냈다. 자격증 시험 전날, 낯선 숙소에서 이를 악물고 밤새워 익힌 것을 정리해서 무난히 취득했다. 여러 상담 이론을 바탕으로 위기가정의 아이들을 보듬을 수 있었다. 학교상담은 아이들에게도 도움이 되었지만 타인을 의식하지 않고 나를 찾는 계기가 되었다.

영화 〈슈퍼맨〉의 주인공 크리스토퍼 리브는 승마 경기 중 낙마하여 호흡조차도 기계에 의존해야 했다. 극심한 고통을 못 이겨 아내에게 총을 가져다 달라고 애원한 적도 있었다. 그 후, 각고의 노력과 헌신적인 내조, 치료진의 도움으로 그는 다시 일어섰다. 자신과 같은 마비 환자들의 재활을 위해 재단을 설립하고 세계 곳곳을 돌며 강연했다. 불가능할 것 같았던 배우로서의 삶을 재기해 아카데미 시상식에서 1분간 눈물의 기립 박수를 받았다.

남편은 변화를 꿈꾸는 사람들의 멘토로서 해마다 제자들을 양성하고 있다. 기업인들과 교사, 학부모와 학생들 대상의 인문학 강의는 반응이 뜨거웠다. 특유의 유머러스함과 철학적 깊이가 바탕이 되었으리라. 취업을 걱정했던 막내도 제 전공을 살려 어엿한 사회인이 되었다. 노심초사했던 큰딸은 영국에서

야무지게 자기 자리를 굳히고 있다.

찻잔은 도공의 가마솥에서 뜨거움을 껴안는다. 대나무는 영혼을 달래는 퉁소가 되기 위해 자신의 몸을 파내는 고통을 견뎌낸다. 누구나 슬픔 몇 개쯤은 가지고 살아가기 마련이다. 자기 담금질의 시간, 통과의례의 과정일 것이다. 지난날, 기쁨과 슬픔은 앵무조개 껍질의 피보나치 수열처럼 내 삶에 크고 작은 문양을 만들었다.

나이에 따라 성숙하는 것이 삶이라면 모순과 불합리성을 수락하고 받아들이는 것이 이순耳順이 아닐까. 삶에는 원하는 것과 원치 않는 것이 조금씩 섞여 있다는 것, 어떤 경우에도 가감의 요인이 있다는 것을 조금씩 깨닫는다. 가장 큰 마이너스는 자신의 수심水深을 잃고 피동적으로 살아가는 것이다.

처서가 지나면 나무는 생장을 멈추면서 내면을 탐구하기 시작한다. 잘 늙은 고목은 평생 상승과 하강을 되풀이하면서 깊어진다. 침잠의 시간이 없다면 혹한의 겨울을 견뎌내지 못할 것이다.

앵무조개 패각이 물에서 흡수한 온갖 것들을 변화시켜 제 몸의 일부를 만들어내는 것처럼, 지난날 내 삶의 파편들을 담금질한다면 빛나는 진주 하나쯤은 만들 수 있지 않을까. 문득, 사진 속 앵무조개가 힘찬 상승을 한다. 제 문양을 날개처럼 흔들며.

세 상 에 둘 도 없 는 보 각

　찔레 순 돋을 무렵 맞선이 이루어졌다. 동네 다방 구석진 자리에서 어색한 인사가 끝난 후 양가 어른들은 서둘러 자리를 떴다. 짧은 만남에도 대화가 엇갈려 인연이 아니라 생각했다. 문득 짚이는 게 있어 초등학교 앨범을 펼치니 6학년 때 같은 반이었다. 졸업을 얼마 남겨두지 않고 대도시로 전학 간 교실에서 그를 처음 만났던 기억이 떠올랐다.

　중매 아주머니의 간곡한 권유로 다시 약속이 잡혔다. 나는 초등 동기생을 만난다는 마음이었고 그는 맞선의 연장선에서 나왔다. 삼십 분이나 늦게 헐레벌떡 들어서는 나에 비해 그는 이십 분 전에 와서 기다리고 있었다. 작은 키에 세련되지 못한 스타일의 양복인 그, 첫 약속을 제대로 지키지 못하는 나, 서로의 이상형이 아니었다. 남동생이 야무지지 못한 것이 큰 키 때문이라 생각했던 엄마는 다부진 체격과 점잖음에 높은 점수를 주었다. 그쪽 어른은 나의 활달한 성격을 좋아했다. 양가 부모님의 손뼉 장단에 그해 가을 웨딩마치를 울렸다.

굳이 찾자면 남편과 나의 공통점은 독서와 결혼기념일과 주소다. 그는 고전과 자기 계발 서적을, 나는 수필과 시 등 장르가 다르니 같은 점은 주소와 결혼기념일 뿐이다.

옴니암니 따지는 내가 예각이라면 포용력이 큰 그는 둔각이다. 내가 원하는 것은 밥숟가락을 놓고 달려가 사 올 정도다. 바다를 낀 도시에 살아 해마다 여름이면 삼촌과 고모들 내외까지 친정 식구들로 북적여도 한결같이 정성을 다했다. 부부싸움 후면 화해의 손을 먼저 내미는 것도 항상 그였다. 싸움의 원인이 내 잘못이었을 때조차도.

전원으로 입주할 때 건넛집의 텃세가 유난히 심했다. 연배가 십 년 정도 높은 그들은 우리보다 먼저 자리 잡았다. 집 지을 때부터 사사건건 간섭하며 손아래라고 함부로 대하는가 하면, 동네 사람들 모인 자리에서 면박을 주는 것도 예사였다. 입주 무렵 잔디 깎는 기계를 빌렸다가 돌려주었는데 고장을 냈다며 배상을 요구한 일도 있었다. 못마땅했지만 남편은 불평 한마디 없이 고스란히 새것으로 바꾸어주었다.

나는 교감交感이 되는 사람에겐 정성을 다하지만 그렇지 않은 이들과는 경계를 분명히 하는 편이다. 그러다 보니 쉽게 상처받고 곱씹느라 밤잠을 설칠 때가 많다. 중학교 2학년 때, 친구와 사소한 일로 다툰 적이 있었다. 그녀가 간절히 화해를 원했지만 끝내 외면했다. 마음이 내키지 않는 것은 하지 않는 나에 비해, 남편은 상대가 못마땅해도 웬만하면 수용한다. 그래서인지 그의 주변엔 늘 사람들로 북적인다.

삶은 살짝 손끝만 대면 굴러가는 공처럼 수월할 줄 알았다. 서로 각이 맞지 않아 부딪히곤 했지만 그의 넓은 아량에 묻혀 갔다. 큰 꿈을 그리며 과감하게 던졌던 그의 퇴직은 인생 수업료를 크게 지불한 채 좌절감만 안겨주었다. 그는 여차하면 감정을 터뜨리며 점차 예각으로 변해갔다. 우린 이빨 빠진 동그라미처럼 덜컹거렸고 걸핏하면 날을 세웠다. 집안 여기저기에 살얼음판이 깔리기 시작했다.

물건을 살 때면 필요 여부를 따지며 은근히 내게 눈치를 주었다. 무얼 하든지 기다려주던 느긋함은 팍팍해졌다. 부부 동반 때면 깐깐하게 시간을 재촉하며 예외 없이 마찰을 빚었다. 부딪치는 횟수가 잦아졌고 예전과 달리 화해는 내 쪽에서 먼저 청해야 했다.

직각보다 크고 평각보다 작은 둔각은 넓고 포용력이 있으나 무디다. 예각은 좁고 날카롭지만 섬세하다. 축구에서 패스의 기본 원리는 둔각이다. 수비를 기점으로 부채꼴 모양을 펼쳐 적극성을 띠므로 승패에 중요한 역할을 한다. 예각의 쓰임새가 긴요한 곳도 많다. 크리스탈 조각은 깎인 예각의 입체적 면면들로 이루어져 빛의 방향에 따라 다양한 빛깔과 분위기를 연출한다. 눈썹 디자이너는 15도 정도의 각으로 잡을 때 각자의 얼굴형에 맞게 표현할 수 있다.

우리가 길항했던 이유는 각의 다름이 아니라 다름을 존중하는 마음이 없어서였다. 돌담은 같은 크기나 모양의 돌만으론 쌓을 수 없다. 자세히 보면 큰 돌을 괴는 건 작고 모난 돌들로, 이 모양 저 모양의 것들이 어우러져 있다. 거센 바람에도 돌담이 쓰러지지 않는 것은 각이 다른 돌들이 서로 맞물려 성근 틈을 메우기 때문이다.

마당 서편 배수로에 여름이면 물이 고여 환삼덩굴과 도깨비풀 등이 엉켜 무성했고 날벌레들이 꾀어들었다. 십수 년 동안 배수로를 메우자고 했지만 반대하던 그가 얼마 전 복개 공사를 손수 하겠다고 나섰다. 길이와 폭을 재고 장마 시 물의 흐름을 계산한 후 시뮬레이션까지 하며 공사를 위한 계획을 세웠다. 맞춤한 배수관을 묻고 틈새엔 대나무로 일일이 메웠다. 굽이진 데는 시행착오를 거듭하며 두 트럭 분량의 마사토를 수레로 옮겨 마무리했다.

대숲과 마당의 경계가 허물어져 일직선이 되어 편평해졌다. 넓어진 곳에 남편은 남천 나무 군락지를 만들었다. 주변에 청화 쑥부쟁이를 심는 나에게 흙을 날라다 주었다. 수국과 핑크뮬리도 심으면 입체적일 것이라며 직접 주문해주었다. 이래봬도 중학교 때 원예 반장이었다는 너스레와 함께. 해마다 봄이면 꽃을 판째 들여오는 내게 그만 좀 하라며 잔소리하던 예전과는 사뭇 다른 모습이었다.

쇠똥구리는 자신보다 50배나 무거운 소똥을 뒷다리로 끌고 간다. 가끔 그 위에 올라가 맴돌 때가 있는데 앞을 보지 않고 가다 보니 방향을 잃기 쉬워 길을 확인하기 위해서다. 한낮의 달궈진 지열을 식히기 위한 것이라고도 한다. 수컷은 뒤에서 밀고 암컷은 앞에서 굴려 보금자리를 만드는 모습을 영상으로 보니 숙연함마저 들었다.

어색했던 맞선, 양가 어른들의 추임새 속에 치러진 결혼, 워킹맘으로 홀로 삼 남매를 키우던 일, 호기롭게 결정한 그의 희망퇴직, 경험 없이 시작한 프랜차이즈업의 실패, 텅 빈 통장, 끊임없는 담금질을 하며 작가로서 홀로서기, 장성하여 제 자리를 찾아간 자식들. 인생 여정의 그 수많은 점을 이어 유의미한 반직선, 보각을 이루었다. 보각은 두 각의 합이 180도일 때 한쪽 각을 다른 쪽 각에 상대하여 이르는 말이다.

우리 부부는 요즘 마주 보는 시간이 많아졌다. 정원 가꾸는 일이며, 운동과 여행 등을 함께 한다. 예전 삐걱거리던 것들은 그의 창의적인 기획과 나의 세심함으로 아귀를 맞추어간다. 만나지 않았으면 어쩔 뻔했느냐며 서로 추켜세우기도 한다. 세상에 둘도 없는 보각이 되어.

많은 시간을 함께하면서 조금씩 서로의 각을 이해하게 되었다. 내가 바라보는 그의 각과 그가 바라보는 나의 각은 다름을 존중하며 따뜻한 보각을 만들어가는 중이다.

..

습 베 와 자 루

　몇 번의 호미질에 덜컥 습베가 빠져버린다. 겨우내 호미가 느슨해진 모양이다. 습베와 자루가 등을 돌리고 있다. 봄볕이 도타운 밭이랑에 앉아 낡아서 군데군데 쇠꽃이 핀 습베를 바라본다.

　호미 끝의 길쭉한 부분을 습베라고 한다. 낫, 괭이 같은 농기구의 한쪽 끝을 뾰족하게 만든 것으로 자루에 박히는 부분이다. 호미질을 하다 보면 가끔씩 습베가 빠져버리는 일이 생긴다. 그럴 때 호미는 제대로 사용하지 못한다. 둘은 함께 할 때 온전히 제 기능을 할 수 있다.

　스무 살 어머니의 고운 자태는 면내에서 소문이 자자했다. 먼발치에서 지켜본 아버지는 곡진히 청혼하고 사성•을 보냈다. 혼인은 일사천리로 이루어졌다. 마당을 가득 메운 사람들은 너도나도 신부가 활짝 핀 수국 같다느니, 신랑이 키가 크고 이목구비가 뚜렷해서 서로 잘 어울린다느니 하며 칭찬 일색이었다. 오랜 시간이 지났지만 어머닌 아직도 그 순간을 잊지 못한다고 한다.

혼인의 설렘은 잠시였다. 아버지는 그럴듯한 가문의 후손이란 허울뿐이었다. 전쟁 통에 대처에서 공업중학교를 끝으로 낙향한 아버지는 일이 없었다. 농사는 당신이 할 일이 아니라는 듯 농번기에도 걸핏하면 바깥출입을 했다. 한 번 나가면 밤늦게 돌아오거나 사나흘씩 종무소식일 때도 있었다. 그도 아니면 동네 장정들과 어울려 사냥으로 소일하곤 했다.

농사는 가뭄과 홍수가 갈마들어 반타작일 때가 많았고 그마저도 대부분 품꾼을 들여야 했다. 어머니는 한 푼의 품삯이라도 아끼기 위해 만삭의 배를 가누고 들일을 했다. 긴 봄날 해가 이울도록 보리밭을 매고 나면 호미자루 잡은 손에 물집이 잡혔다. 어떻게 하든지 살림을 꾸려나가려는 마음 하나로 다부지게 버텨냈다.

아버지가 들어오지 않는 밤이면 어머니는 횃댓보를 만들며

• 사성 (四星) : 혼인이 정해진 뒤 신랑 집에서 신부 집으로 신랑의 사주를 적어서 보내는 종이

긴 밤을 지새웠다. 날렵한 손길 따라 한 쌍의 원앙이 날고, 청실홍실로 수놓은 모란꽃이 피어나고 노랑나비가 날았다. 윗부분의 'SWEET HOME'은 한 땀 한 땀 수를 놓으며 화목한 가정을 만들고 싶었던 당신의 간절한 마음이었다. 밖으로만 나도는 아버지에 대한 원망은 가슴속에 묻어두었다.

어린 남매를 시가에 맡겨두고 대처로 나가자고 제의한 것은 어머니였다. 한촌에 그대로 있다간 자식들 교육은커녕 앞날이 캄캄하다고 했지만 기실은 아버지 마음을 잡기 위해서였다. 아버지는 사방사업소 보조직원으로, 어머니는 행상으로 도회지 한 귀퉁이에 어렵사리 발을 들여놓았다. 가까스로 단칸방을 얻었다. 자루는 뒤늦게야 조금씩 슴베를 잡아주는 듯했다.

아버지는 사방사업을 따라다니다 산비탈 개간지에 도지를 얻었다. 어깨너머 익힌 기술로 수박 농사를 크게 벌였던 그해는 가뭄이 심했다. 타들어 가는 수박밭에 웅덩이 물을 길어 날랐지만 턱없이 부족했다. 밭머리에 쪼그리고 앉은 어머니의 처연한 모습과 아버지의 긴 한숨 소리는 지금도 선연하다.

어머니가 갖은 고생으로 고향에 논마지기라도 장만해 놓으면 얼마 가지 않아 남의 손으로 넘어갔다. 아버지가 손대는 일마다 실패를 거듭하자 당신의 허리는 갈수록 휘어졌다. 슴베와 자루는 또다시 겉돌기 시작했다.

예순을 훌쩍 넘기고도 바깥으로 에도는 지아비를 기다리며 어머니는 밤마다 경문을 베껴 썼다. 온 마음으로 한 자 한 자에 원망과 걱정하는 마음을 녹이고 다독이려 했다. 한글만 겨우 익힌 당신의 삐뚤빼뚤한 글씨체와는 달리 베긴 글자는 반듯반듯했다. 사경 공책은 머리맡에 한숨처럼 쌓여갔다.

아버지는 우리에겐 명주바람이었지만 어머니에겐 손돌이바람이었다. 어쩌면 가장의 짐을 지운 미안함을 감추기 위한 허세였는지도 모른다. 생계 꾸리랴, 노환인 할머니 돌보랴 잠시도 쉴 틈이 없었던 어머니에게 위로의 말은커녕 무시하고 화만 냈다. 그럴 때마다 당신은 아버지를 이해하려고 마음을 다잡았다.

초로의 아버지가 정착한 곳은 고향의 자갈밭이었다. 나무농원을 일구느라 손가락 셋을 경운기에 내주어야 했지만 뒤늦게 당신의 터전을 조금씩 잡아나갔다. 눈길에 넘어진 어머니가 두 달간 입원했을 때였다. 팔순의 아버지는 불편한 몸으로 병원을 오가며 정성스럽게 간호했다. 한쪽 다리가 불편한 어머니를 위해 손수 장을 보고 완쾌가 더뎌지자 수소문해서 효험 있다는 약을 구해왔다. 육십여 년의 세월이 지나서야 자루는 습베를 제대로 품을 수 있었다.

자루가 습베를 안는 것처럼 두 사람은 요즘 지혜롭게 힘 조절을 해나가고 있다. 아버지가 일군 나무농원 언저리에 갖가지 채소를 심어놓고 함께 가꾸고 거둬들인다. 걸음이 불편한 어머니를 도와 산책을 하며 가까운 곳에 함께 나들이도 간다. 잔소리 많다고 투덜대면서도 맛있는 음식을 어머니 앞으로 슬쩍 밀어주는 모습이 낯설지 않다.

헐거워진 자루 속에 슴베를 밀어 넣는다. 못을 박고 철사로 서너 겹 죄어준다. 호미가 한결 단단해졌다. 이전보다 더 가벼워진 호미로 다시 냉이를 캔다. 호미 날 끝에서 찰진 흙이 사금파리처럼 부서진다. 텃밭 가득 봄기운이 완연하다.

장 독 대

한 아름이 넘는 푸레독은 대숲을 지나온 바람을 담는다. 배 불뚝이 오지독엔 붉은 대봉감이 가득 차 있다. 된장과 막장을 담아 둔 중두리, 고추장과 멸치젓갈을 담은 작은 항아리까지, 얼추 장독대 모양새를 갖추었다.

유월 아침 햇살은 독 뚜껑과 불룩한 배에 선명하게 그림자를 그린다. 옹기장이가 미처 그리지 못했던 것을 그려보겠다는 듯. 바람과 햇발의 결은 문양을 바꾸기도, 때에 따라 덧칠을 한다. 창호 문 한 귀퉁이에 덧대어 발랐던 단풍잎이나 국화잎의 은은함이 떠오른다. 연갈색 중두리는 잿물 유약을 발라 고르지 않은 색이 정겹다. 옹기의 들숨 날숨을 따라 소나무와 콩깍지, 볏짚 등을 태워 바른 자연 유약의 향기가 배어 나오는 것 같다.

독들은 대개 고향 빈집과 시집에서 가져온 것이다. 하나하나마다 시어머니와 친정어머니, 고모의 손길이 배어있다. 푸레 독은 연기를 입히고 소금을 뿌려 온도를 최고점으로 올려 구워 검회색 빛이 돈다. 쌀독이나 밀가루통, 콩나물시루나 떡시루 등으로 쓰인다. 푸짐한 옆구리엔 햇빛이 그린 산수유나무 그림자가 한 점 묵화로 걸려있다. 빗물 고인 단지 뚜껑에 하늘과 흰 구름과 단풍나무 잎이 잠긴다.

고향 장독대는 마당을 가로질러 옆집 춘득이 네 담장과 정짓간 사이에 있다. 맞은편 벽의 나무로 짜 넣은 찬장에는 사카린이나 소다, 福 자가 새겨진 하얀 사기 접시나 대접이 포개어져 있었다. 찬장 아래 호리 모양의 식초 독은 우리 집 먹을거리에 새뜻한 맛을 입혔다. 미닫이문은 오랜 세월에 회색으로 바래어 삐거덕거렸다.

마당 있는 집으로 이사 하던 해, 남편의 반대를 무릅쓰고 장독대부터 만들었다. 환절기만 되면 짭조름하게 밀려드는 향수를 달래려 유년의 뜰을 고스란히 옮기고 싶었다. 어느 곳에 어떻게 만들 것인가 여러 날 고심했다. 햇볕과 바람이 잘 들되 사람들 눈에 쉬이 띄지 않는 곳을 염두에 두었다.

꽤 먼 곳까지 민속품 가게를 돌며 발품을 판 덕분에 장독대 아래 깔 연자돌을 구할 수 있었다. 장정 두엇이 들어도 힘에 부칠 정도의 연자돌로 대臺를 만들고 울타리를 쳤다. 고향 집 장독대를 떠올리며 비비추와 봉숭아, 맨드라미를 심고 한켠에 돌확을 두었다.

고모는 밀떡 반죽을 볕이 잘 드는 장독대 위에 올려두어 발효시켰다. 들락거리면서 반죽 양푼의 삼베보자기를 걷어보길 여러 번, 드디어 부풀어 오르면 서 말 무쇠솥에 싸리나무 얼개를 놓고 삼베보자기를 깔아 반죽을 부었다. 보릿짚 연기가 파르스름하니 잦아들 때쯤이면 소두뱅이를 열어 허연 김 사이로 밀떡을 꺼내었다.

할머니는 항아리나 질그릇이 깨지면 집 뒤 대숲으로 던졌다. 소꿉놀이할 때면 제일 먼저 옹기 조각을 찾기 위해 촘촘한 대나무 사이를 헤집었다. 가장자리를 둥글게 다듬어 솥을 만들고 그릇도 만들었다. 옹기는 파손되더라도 토화현상土化現象에 의해 흙으로 되돌아가니 천연에 가깝다. 잘 다루면 수십 년 수백 년 동안 쓸 수 있다.

시어머니는 독을 닦으며 하루를 마무리했다. 특별히 푸레독을 애지중지했다. 초례를 치르고 곧바로 현해탄을 건너 돌아오지 않는 지아비의 무사 귀환을 빌며 정화수를 떠놓고 빌던 독이었다. 당신은 고단한 삶에 드리운 우레와 눈보라를 그곳에 넣고 버무리며 독 안의 장처럼 시나브로 마음이 고요해졌으리라.

배불뚝이 질 독은 친정어머니가 쓰던 것이다. 갓 스물에 시집온 당신은 흉년이 지면 끼니를 걸러야 했다. 사사건건 타박하는 시어머니와 무심한 가장, 칭얼대는 어린 시동생과 시누이, 난데없이 닥쳐온 시 백부 수발까지, 어머니는 장독을 닦으며 묵묵히 견뎌냈다.

장독대는 시어머니와 친정어머니의 삶의 무늬로 아로새겨져 있다. 고된 시집살이로 장독대 뒤에 앉아 몰래 흘린 눈물은 얼마나 될까. 새벽에 물 한 그릇 떠놓고 기도를 드린 적은 또 얼마였을까. 삭여야 했을 설움이 옹기마다 어린다. 1300도 내화耐火를 거쳐 마침내 하나의 독으로 태어나는 것처럼 아픔과 인내로 삶을 단단하게 풀무질했을 것이다.

독을 닦고 있으면 고단했던 두 분 삶이 느껴진다. 맨드라미와 봉선화와 붓꽃이 피고 벌새와 고추잠자리가 날아오는 고요한 공간, 장독대는 여인들의 이야기를 들려준다.

장을 담으면 장독, 김치를 담으면 김칫독, 쌀을 담으면 쌀독, 술을 담으면 술독, 겨울엔 홍시독, 묵나물이나 말린 호박오가리까지 무어든 품어주고 토닥인다. 어머니가 거두고 품어낸 세월처럼 너그럽다.

마음 다친 날이면 장독대로 간다. 행주를 빨아가면서 큰 것부터 정성껏 닦는다. 둘레에 쳐진 띠 모양과 거칠게 붓질한 듯한 우툴두툴한 면과 숨구멍을 문지른다. 오지항아리와 들숨 날숨을 나누면 신산했던 마음이 조금씩 둥글어진다.

모 둠 밥

두레상 한가운데 양푼이 밥이 놓인다. 김치며 장아찌, 감자탕이 따라 나온다. 여남은 개의 수저가 상 가장자리에 둥글게 피어난다. 감자탕은 평지 할매의 아들이 가져온 돼지등뼈로 고았다. 마을회관 대부분 칠팔십 대의 노인들이다. 홀로 적적히 지내는 어머님은 점심 한 끼라도 어울려 먹는 것이 기다려진다고 한다.

가끔씩 기관에서 쌀 포나 동태 한 상자, 콩나물을 시루째 가져온다. 간장과 된장, 채소며 나물, 고기나 생선 등 집집에서 가져오는 것으로 먹을거리를 장만한다. 보리밥을 짓고 묵나물을 무치거나, 국수나 떡국을 끓이기도 한다. 따뜻한 밥 한 끼에 노인들의 얼굴이 연처럼 당실 떠오른다. 그럴 때 모둠밥은 사람과 사람을 이어주는 다리가 된다.

여러 사람이 함께 먹기 위해 담은 밥을 모둠밥이라고 한다. 가난했던 시절, 큰 양푼에 밥을 가득 담은 후, 두레상에 둘러앉았다. 둥근 상은 식솔들 둘러앉기에 좋았다. 어머니가 등을 구부려 차려주는 밥상은 잘 익은 빵처럼 부풀었다.

겨울밤, 일찌감치 저녁을 먹고 난 우리는 약속이나 한 듯 마을 중뜸에 모여들었다. 방학을 맞아 친척 집이나 외가에 놀러온 또래 아이들과도 허물없이 어울렸다. 한 이불 밑에 발을 넣고 이야기를 하거나 노래 이어 부르기도 했다. 싫증 날 때면 모둠밥을 해 먹거나 무 서리를 해서 군입을 달랬다.

쌀을 조금씩 모아 모둠밥을 하는 날이면 땅거미 질 무렵부터 모여들었다. 고샅길은 모처럼 쌀밥을 먹을 수 있다는 우리들의 기대로 술렁였다. 정짓간 아궁이에 솔가지 때는 매운 연기가 자욱해지면 연신 눈물을 흘렸다. 가마솥에서 나온 김이 살강에도, 나뭇단에도 허옇게 서릴 무렵이면 김치 서리 나간 동무들이 돌아왔다. 모둠밥 한 양푼에 김치 한 사발뿐이었지만 두레상은 푸짐했다. 그릇을 들고 따라가 망을 봤던 아슬아슬한 무용담은 또 다른 반찬이었다. 그럴 때면 문틈 사이로 들이미는 찬바람에 호롱불도 덩달아 춤을 추었다.

혼자서 밥 먹는 사람들이 늘어나고 있다. 예전에는 혼자 밥 먹으러 식당에 가는 게 용기가 필요했지만 이젠 '혼밥'이 하나의 문화로 자리 잡았다. 혼자 밥을 먹으면서 고독감을 느끼는 경우 열량과 지방 섭취가 증가한다는 보고도 있다. 두레상에 둘러앉아 모둠밥을 먹을 때의 친밀감이 건강에는 청신호인 셈이다.

엄마를 대신한 고모가 차린 저녁상은 김치볶음밥 한 양푼에 동치미 한 사발이 전부였다. 식구가 둘러앉아 함께 숟가락을 담그며 먹었던 모둠밥은 꿀맛이었다. 요즘은 위생적으로 개인 접시에 덜어 먹지만 그땐 생각할 수도 없는 일이었다. 식구가 많아 부지런히 숟가락을 놀리지 않으면 자기 몫이 없을 정도로 밥은 금세 동이 났다.

친밀함을 나타낼 때 한솥밥을 먹는 사이라고 한다. 근래엔 손님이 와도 번거로워서 음식점에서 대접을 한다. 편리함이 좋긴 하지만 마음이 허전하다. 평생 집밥을 지으셨던, 가난하지만 정서적으로 풍요로운 어머니의 밥상이 그립다.

밥은 관계이다. 누군가에게 이용당하는 사람을 '밥'이라고도 한다. '밥 한 끼 하자'는 말은 인사치레가 됐다. SNS에서 점심 메뉴 고르듯 각자 취향에 따라 인간관계를 선택하거나 차단한다. 누군가와 함께 먹는 밥은 맛을 더해 주지만 상대방을 배려해서 먹기 싫은 밥을 먹어야 할 땐 아무리 맛있는 것도 입에 쓰다. 그러한 관계 속에서 우린 상처를 받기도, 위로를 받기도 한다.

얼마 전부터 손아래 올케와 삐걱거리기 시작했다. 동생이 외벌이 할 때는 매사 절약으로 아이들 셋 잘 거두는 게 고마워서 무어든 나누려고 했다. 그런데 맞벌이를 하게 되자 알뜰함은 인색함으로 바뀌어 화가 났다. 일거수일투족이 밉보였고 형제 우애마저 금이 가기 시작했다. 한 상에 앉아 밥 먹는 것도 부담스러웠다. 며느리를 감싸도는 부모님마저 서운했다.

점은 한 개체고, 선은 개체와 또 다른 개체의 만남이며, 면은 공동체라고 한다. 외향적인 모습과는 달리 나는 타인의 다름을 틀림으로 판단하며 한 개의 점으로 회피할 때가 많았다. 카메라 렌즈 속 대상이 몇 개의 점과 선, 면으로 완성되는 것을 보며 새삼 '관계'를 생각하게 되었다. 면을 지향하면서도 나와 맞지 않으면 점으로 숨어들지 않았던가. 칸막이가 쳐진 혼밥 식당에서 혼자 밥을 먹는 것과 무엇이 다르랴. 귀가 부드러워진다는 이순을 눈앞에 두고 나를 뒤돌아본다.

어느 곳에서는 영하 십몇 도로 내려가고, 어느 고장엔 폭설로 마을이 고립되어 모든 것들이 꽁꽁 얼어붙었다. 맹추위 속에서도 동네회관에는 방바닥의 열기보다 더 따스한 가슴들이 모여 훈훈함을 나누고 있다. 큰 양푼에 담은 밥그릇 하나로 둘러앉은 모둠밥엔 겨울이 없다. 모락모락 피어나는 김처럼 인정이 넘쳐난다.

나를 조금 밀어낸 자리에 너를 들였을 때 관계의 기쁨을 맛볼 수 있지 않을까. 조만간 부모님과 올케며 동생들을 불러 모둠밥을 차리고 싶다. 두레상에 따스하게 둘러앉아.

..

옛 집 , 유 년 의 기 억

무너진 흙담은 잡초에 묻히고 감나무는 석양에 물들었다.
소를 매어두던 삽짝 밖 고욤나무는 밑동만 덩그렇게 남아있다.
멧비둘기 몇 마리가 집 뒤 대숲으로 깃든다. 건들바람에 감나
무 이파리만 서걱거릴 뿐 사위는 적막하다.

쓰러져가는 집을 허물겠다는 아버지 말씀에 부랴부랴 고향
으로 갔다. 오래전 온기가 빠져나간 집은 기우뚱 내려앉고 있
었다. 방고래가 꺼진 방바닥에는 다락 문짝과 기왓장이 엉켜
있었다. 한때 식구들의 체취가 밴 그것들은 한데로 쫓겨난 것
처럼 처연해 보였다.

뒤틀린 큰방 문틀 위의 낡은 액자를 찬찬히 본다. 사모관대
를 하고 초례청에 선 아버지, 고추를 내놓고 찍은 삼촌의 돌 사
진, 어정쩡하게 나란히 선 할아버지 할머니의 사진이 빛바랜

채 걸려있다.

깨진 다락 창문으로 휑하니 바람이 들어온다. 보리타작 철이나 가을걷이 때 잠깐 다니러 왔던 엄마가 떠난 날에는 다락으로 숨어들었다. 헌책 냄새가 가득한 구석에 웅크리고 앉아 훌쩍이다 잠이 들곤 했다. 어둠이 담요처럼 둘러쳐진 그곳은 엄마 품처럼 아늑했다.

부모님의 신접 방이었던 작은방에는 '단스'라 불렸던 장롱과 다듬잇돌이 윗목을 지키고 있다. 동생들은 이 방에서 태를 갈랐다. 딸을 내리 낳은 엄마는 울어서 부석부석한 얼굴로 첫 국밥을 넘겼다.

말년에 할머니 혼자 기거했던 아래채 단칸방 문을 연다. 목단 꽃 바탕 무늬에 검은색 깃이 달린 이불 한 채가 벽장 귀퉁이에 덩그러니 있다. 고모와 삼촌과 함께 덮던, 사십 년도 더 된 것이다. 이불 하나로 네댓 명이 덮었으니 서로 잡아당기느라 누군가의 발이 늘 밖으로 삐죽이 나왔다. 구석에는 때가 낀 얼레빗과 흰 실이 촘촘히 박힌 참빗과 화투 한 모가 있다.

할머니 생전에 머릿수건 벗은 적이 몇 날이나 되었을까. 약골인 할아버지를 대신해서 새벽부터 산비알 개간, 오뉴월 바심 도리깨질, 시월 자리개질 등으로 허리 펼 날이 없었다. 당신은 끊임없는 들일로 손톱이 닳았다.

여름날엔 대청마루에 남포등을 걸어놓고 멍석에 둘러앉아

저녁을 먹었다. 호야불은 한 점 불빛으로 가난하고 고달픈 밤을 다독여 주었다. 밤이 깊어지면 모깃불은 쑥 냄새를 짙게 풍기며 사위어 갔다. 가뭇한 연기 사이로 밤하늘의 별을 헤아리며 엄마 생각에 귓불을 적시거나 할머니 옛이야기를 듣다 잠이 들곤 했다.

추수가 끝나면 식구들이 모여 문종이를 뜯어냈다. 할아버지는 뙤창 언저리에 단풍잎을 넣고 덧대어 창호지를 곱게 발랐다. 가을볕에 잘 말라 살짝 건들기만 해도 탱탱하게 울렸다. 미닫이를 새로 단장한 이튿날 아침이면 방안 가득 흰빛이 쏟아져 들어와 눈이 온 것 같았다.

햇볕 좋은 가을날이면 할머니는 빨랫줄에 호박오가리나 박오가리를 널었고 무말랭이나 삶은 토란 대는 흙담에 올렸다. 제사 들기 며칠 전 양지바른 곳에 앉아 기와 가루로 놋 제기를 닦았다.

겨울 저녁이면 김치볶음밥과 동치미 한 사발을 두고 온 식구들이 두레상에 둘러앉았다. 숟가락을 달그랑거릴 때면 뜨락의 늙은 누렁이는 군입 다시듯 짖어댔다. 할아버지와 할머니가 밤마실 가는 날은 기다렸다는 듯 동무들을 불러 모았다. 침침한 호롱불 심지를 돋우며 손목 때리기나 라면 내기 민화투를 쳤다. 방 안엔 그을음 냄새와 호롱불에 탄 머리카락 노린내가 가득 찼다.

정짓간* 앞의 구정물 통이 놓여있던 연자돌과 목물하던 수돗가는 옛 모습 그대로 나를 반긴다. 물맛이 좋기로 소문난 집 뒤의 두레박 우물을 당겨 수도를 놓던 날 고모는 더는 물 길으러 가지 않아도 된다며 부뚜막의 물독을 거뿐하게 치웠다.

고모는 장독대의 분꽃이 피는 것과 닭이 홰에 오르는 것을 보고 저녁밥을 안쳤고, 그을음 흙벽에 등불을 걸어놓은 채 저녁 설거지를 했다. 흙을 개어 바른 부뚜막이며, 조막 단지와 서 말 솥, 살강**이 있던 우명한 정짓간은 끼니때마다 연기와 물김으로 자욱했다. 한 집의 심장이었던 부엌은 오래전에 생명의 펌프질을 멈춘 채 거미줄로 가득하다.

마당과 위채, 아래채, 외양간, 마당, 헛간, 집 뒤 새미길을 바장이다 쇠죽간 앞에 멈추었다. 감나무 아래서 가마니떼기를 깔고 숙제를 하거나 여름방학 끝 무렵엔 갓 따온 청둥호박을 긁었다. 낡은 놋숟가락 따라 껍질이 벗겨지면 몽글몽글한 수분과 호박 살 냄새가 피었다.

할아버지 굽은 등 너머로 새어 나오던 쇠죽간 불땀은 따사로웠다. 아궁이 밖으로 흩어지는 연기만 보아도 무엇이 타고

---

* 정짓간 : 부엌의 방언
** 살강 : 선반을 이르는 말. 옛날엔 널판지가 귀해서 긴 통나무 두 개를 가로질러서 선반을 만들었다. 이 선반을 살강이라고 한다.

있는지 멀리서도 단박에 알 수 있었다. 가을 바심하고 뒷목 들인 콩깍지나 마른 들깨 단이나 볏짚이 타오르면 알곡 타는 구수한 냄새가 마당 가득했다.

집안 곳곳을 둘러보고 나오는 길에 삽작 양쪽 늙은 감나무 두 그루를 쓰다듬는다. 꺼칠꺼칠한 껍질은 노동으로 굳어진 할머니 손등 같다. 오랜 시간 희로애락을 함께한 노부부 같은 나무는 서로 위로하며 새와 구름을 청하여 삶이 빠져나간 옛집의 허전함을 달랠 것이다.

패배한 투우처럼 마지막 쇠잔한 숨을 쉬던 집은 이제 곧 포클레인에 허물어질 것이다. 백양나무 우듬지의 까치둥지는 태풍 앞에서도 끄떡없는데 몇 세대의 삶을 면면이 이어온 삶의 응력이 고작 그뿐일까. 이제 옛집은 원근이 있는 그림의 시야 밖으로 사라져 소실점으로나 존재하리라.

옛집을 나서다 무엇인가 끌어당기는 느낌에 뒤를 돌아본다. 한 뼘이나 짧은 바지 밑으로 살비듬 떨어지는 종아리를 내놓은 코흘리개 여자아이가 서 있다. 되살릴 수 없을 옛집을 바라보며 유년의 문을 닫는다.

자 작 나 무   사 이 로

　백색 숲은 설원이다. 앙상한 가지를 딛고 바람이 지나간다. 곧게 뻗은 나무 사이로 난 오솔길은 산허리를 돌아 아스라이 사라진다. 푸드덕, 직박구리 날갯짓 소리가 고요를 흔든다. 그와 함께 걷는 자작 숲길이 한 점 풍경으로 걸린다.

　자작나무의 한자는 화樺이다. 양초가 귀하던 시절, 신방에 촛불 대신 자작나무 가지로 불을 밝혔다. 그것은 첫날밤을 뜻하는 '화촉樺燭'의 유래가 되었다. 땔감으로 사용 시 자작자작 소리가 난다 하여 자작나무라 했다. 껍질과 잎 전체에 기름샘이 많아 불에 잘 타고 결이 촘촘해 영하 이삼십 도의 혹한을 얇은 껍질로 버틴다. 매끄러운 껍질은 종이를 대신하거나 그림 그리는 데 쓰였다.

동갑인 예비신랑은 여자들 마음을 사로잡을 만한 감성이 없었다. 안정된 직장과 중매쟁이가 귀띔해준 약간의 경제력은 연인이라는 살가움을 대신했다. 맞선 본 얼마 후 결혼했다. 특별할 것도 없는 신혼을 지나 삼 년 터울로 삼 남매가 태어났고 밋밋한 일상이 이어졌다. 섬세함이나 아기자기함이 없는 것은 여전했다. 건조한 남편에게 시나브로 원망이 쌓여갔다.

둘째 출산 후 산후부기도 채 빠지지 않을 때였다. 밤낮이 바뀐 아이 돌봄으로 몸과 마음이 지쳐갔다. 수면 부족에 출근 준비로 유체이탈 지경이었지만 그는 여전히 무심했다. 심한 말다툼 끝에 출근 대신 혼자만의 시공으로 사라지고 싶었지만 기다리고 있을 수십 명의 제자가 발목을 잡았다. 지극히 이성적인 그와 감성적인 나는 자주 부딪히곤 했다. 워킹맘이라는 현실은 생각보다 높은 벽이었다.

경주 천마총에서 출토된 천마도는 자작나무 껍질에 그린 그림으로 껴묻거리• 말다래••다. 채화 판은 겹겹의 자작나무 껍질 위에 고운 껍질로 누빈 후, 가장자리에 가죽을 대어 만들었다. 유리관 속 말다래는 붉은색, 흰색, 검은색이 어우러져 단

• 껴묻거리 : 장사 지낼 때 시체와 함께 묻는 물건
•• 말다래 : 말을 탄 사람의 옷에 흙이 튀지 않게 하기 위해 가죽 같은 것을 말의 안장 양쪽에
　　　　늘어뜨려 놓은 기구

아하다. 삼국시대 벽화를 제외한 그림 중 가장 오래된 것이란
다. 해인사 팔만대장경판의 일부도 자작나무로 만들어졌다고
하니 장구한 시간을 견디는 힘이 있는 것 같다.

자작나무에 매료된 것은 영화 〈닥터 지바고〉에서였다. 지
바고에게 라라는 변치 않는 사랑, 마르지 않는 영원한 기쁨이
었다. 설원을 달리는 마차와 눈 쌓인 길 양쪽에 도열해 있는 나
무를 보며 영화 속으로 흠뻑 빠져들어 갔다. 언젠가 나도 시베
리아 횡단 열차를 타고 하늘을 향해 뻗은 은백의 숲을 달려보
리라 상상하면서.

희망퇴직 후 프리랜서로 시간이 여유로워진 그는 언젠가부
터 청소와 설거지를 도맡아주었다. 지쳐 퇴근하는 나를 위해
가끔 별미도 준비했다. 처음엔 치수가 맞지 않는 옷을 입은 듯
어색했지만 차츰 익숙해졌다. 독해력이 깊은 그는 글쓰기에 끙
끙대는 나에게 도움 될 만한 책을 권하거나 필요할 땐 조언을
아끼지 않았다. 원망했던 예전의 모습은 조금씩 묻혀갔다. 부
쩍 희끗해진 남편의 귀밑머리가 눈에 들어오기 시작한 것이 그
때쯤이었을 것이다.

그의 서재에 자작나무 책장을 들여 주고 싶었다. 벌레가 먹
지 않고 변하지 않아 뒤틀림이 없고 오래간다는 가구점 주인장
의 말에 솔깃했다. 돌아보면 강산이 여러 번 바뀌었다. 갈등의
원인이었던 무심함이 슬그머니 무던함으로 바뀌는 사이 우린

어느새 지긋한 나이가 되었다.

꽃은 비교하지 않고 자신의 색깔과 향기로 핀다. 사람도 저마다의 향기가 있을 텐데 끊임없이 남들과 비교하며 내 색깔만 강요했다. 돌이켜보면 갈등의 원인은 조그마한 일에도 발끈했던 내게 더 많았던 것 같다. 어쩌면 그는 변치 않는다는 자작나무의 성정을 닮았는지도 모르겠다.

백석은 〈백화白樺〉 시에서 '산골집은 대들보와 기둥, 문살도, 밤이면 캥캥 여우가 우는 山도, 메밀국수를 삶는 장작도, 단 샘이 솟는 박우물도, 山골은 온통 자작나무'라고 했다. 아마도 시인은 자작나무가 많은 고장에서 자란 것 같다. 고대 게르만인 사이에서 자작나무는 생명, 생장, 축복의 나무로 여겨져 사람들은 나뭇가지를 문이나 창문에 매달아 사랑과 기쁨의 표시를 했다. 요즘도 자작 껍질에 연서를 보내어 변치 않는 마음을 맹세하는 연인들이 있다고 한다.

얼마 전 마흔한 해 봉직을 끝으로 은퇴했다. 아이들은 모두 독립하고 둘만의 공간에 종일 함께 있으면 답답할 것 같았다. 그 역시 자기만의 공간을 마련해서 출퇴근할 생각이었단다. 장성한 자식들에게 하듯 부부 간에도 최소 개입 원칙을 세우니 그리 문제 될 게 없었다. 혈색 좋았던 얼굴에 골이 잡히는 주름과 투박한 손을 보니 뒤늦게 애틋한 마음이 들었다.

녹옥혼식을 앞두고 있다. 녹색 구슬인 에메랄드를 뜻하는 녹옥은 행운과 행복, 치유의 보석이다. 그는 예전과는 달리 기념일을 세심하게 챙기며 분위기를 돋운다. 아침엔 마을 뒷산길을 걷고 저녁이면 마당에 나란히 앉아 돋아나는 별들을 함께 바라본다. 어쩌다가 지난날의 서운함을 꺼내면 고개 끄덕이며 미안하다고 한다. 현재는 과거라는 순간이 모여 만들어지는, 반복할 수 없는 영원이 아닐까. 젊은 시절이라는 '순간'을 지나오지 않았다면 영원의 의미가 있을까. 그러고 보면 우리는 순간과 영원 사이를 살고 있는 셈이다.

나무는 신전의 기둥처럼 곧다. 종이처럼 쌓여있는 수피는 하얀 가루가 묻어날 것 같다. 손톱으로 긁으니 비단결처럼 부드러워 잘 벗겨진다. 겹겹의 껍질은 보온을 위한 것이며, 기름 성분은 부름켜가 얼지 않고 변하지 않게 한다. 원시의 날 것이 묻어나는 숲이 청량한 하늘을 흔든다. 마음은 한 발짝 먼저 우듬지 너머 창공에 닿는다.

한겨울 자작은 잎과 꽃 모든 것을 제 속에 묻어놓고 꼿꼿하게 서 있다. 언 땅의 제 그림자를 내려다보며 나무는 어떤 영원을 준비하고 있는 것일까. 짧은 겨울 해가 이운다. 자작자작 눈 밟는 소리가 시원始原처럼 아득하게 멀어진다.

겨울, 배풍등

데크 난간을 타고 배풍등꽃이 피었다. 다섯 장의 흰 꽃잎이 포대기처럼 노란 수술을 감싸고 있다. 이따금 지나가는 칼바람이 줄기를 흔들어도 아랑곳하지 않는다. 그 결기에 이끌려 곱은 손을 호호 불며 카메라 구도와 초점을 맞춘다. 12월 중순, 몇 차례 된서리가 내렸고 계절은 어느새 한겨울로 접어들었다.

배풍등은 여러해살이 덩굴식물로 붙잡을 것만 있으면 어디든 창창하게 길을 낸다. 바람을 막는 덩굴이라는 뜻으로 풍을 치료하는 데 효험이 있다. 눈 속에서도 붉다 하여 '설하홍'이라고도 하며, 잎이 떨어지면 앙상한 줄기에 진주알 만한 붉은 열매를 맺어 겨울을 난다.

마흔 중반, 뒤늦게 승진에 뜻을 두었다. 필요한 가산점을 얻기 위해 동시다발 보고서 작성으로 자정이 지나 퇴근할 때가 많았다. 어둠 속 학교 복도를 지날 때면 몸은 물먹은 솜처럼 천근만근이었다. 집안 곳곳이며 창문은 먼지와 빗물 흔적으로 뒤덮였고, 서랍장엔 사계절 옷들이 뒤엉켰다. 뭔가에 쫓기듯 초조하고 불안했다. 마음만 앞서 이리저리 발버둥쳤지만 성과는 좀체 잡히지 않았다.

여러 해 동안 애씀에도 승진은 요원했고, 집에선 기대에 미치지 못하는 아이들 때문에 좌절했다. 세상으로부터 완벽하게 거부당한 느낌이었다. 미로 속을 헤매다 쉰 고개를 넘자 오십견이 왔다. 어깨 통증으로 잠을 제대로 잘 수 없었고 아침이면 팔이 저려 일어나기 힘들었다. 기다렸다는 듯이 대상포진까지 덮쳤다. 황폐해진 마음과 오랜 진통 속에서 휴직과 퇴직을 번민했다. 겨울이 내 삶을 거세게 밀치고 들어왔다.

로키산맥 3000미터 높이에는 수목한계선 지대가 있다. 나무는 매서운 바람과 눈보라 때문에 곧게 자라지 못해 마치 사람이 무릎을 꿇고 있는 형상이다. 혹독한 환경에 맞서지 않고 자신을 낮추어 순응하며 수천 년 동안 나이테를 촘촘히 채웠다. 세계적으로 가장 공명이 잘 되는 명품 바이올린은 바로 이 '무릎 꿇은 나무'로 만든다.

여든넷 엄마가 마당에서 넘어져 대퇴부를 크게 다쳤다. 아혼의 아버지는 한 달여 간 끼니를 손수 해결해야 했다. 퇴근 후나 주말이면 병원과 친정으로 달려가 번갈아 부모님을 보살폈다. 퇴원을 앞둔 엄마는 설상가상 항생제가 듣지 않는 CRE균에 감염되어 1인실에 격리되었다. 보름 후, 완치되지 않은 위험한 상황에서 막무가내로 퇴원하곤 내 도움만을 바랐다. 아흔다섯 시어머님 보살피는 것도 버거운데…. 감당할 수 없는 상황으로부터 벗어나고 싶은 마음과 자식도리라는 책무감이 교차했다.

퇴직으로 몸담아온 대열에서 밀려나 아웃사이더가 된 위축감에 부모님 돌봄이라는 부담까지 덧대졌다. 노화로 여기저기 켜지는 건강 적신호며 오랫동안 맺어온 인간관계의 끝맺음 등이 겹치면서 겨울은 점점 깊어지고 있었다.

살면서 누구든 겨울을 겪는다. 피할 순 없지만 어떻게 살아낼지는 선택할 수 있을 것이다. 춥고 힘들지만 계속되지 않는다는 것을 알기 때문이다. 생각해보면 수시로 닥쳐오는 상황들을 밀어내려고만 애썼을 뿐 제대로 안으려고 한 적이 없었던 것 같다. 어쩌면 추위는 내가 이해하지 못한 치유의 힘을 가지고 있는지도 모른다. 어처구니없이 넘어져 발목을 삐끗했을 때 얼음을 가져다 대지 않던가.

작가이자 예술가인 후지와라 신야는 인간은 슬픔과 고통으로 채색되면서도 그것에 의해 구원받고 위로받는다고 한다. 살아가다 보면 어디쯤에선 넘어져 절망하기도 하지만 무너지지 않는다면 자신의 삶을 완성할 수 있을 것이다. 로키산맥의 나무들처럼.

열매로 겨울을 견디는 것들로 산수유와 까마중이 있다. 산수유는 가을에 들어서면 붉은 열매를 매단다. 윤기 반지르르하고 투명하여 얼굴이 얼비칠 정도이다. 털모자처럼 눈을 덮어쓴 열매는 매혹적인 아름다움을 선사한다. 까마중의 익은 열매는 얼핏 보면 머루 같다. 맵찬 바람에 휘둘리면서도 무성한 잎을 펼쳐 열매를 감싼다. 그렇게 혹한의 시간을 견딘다.

넘어지고 좌절했던 지난 시간을 반추해 본다. 내 삶의 겨울은 나에게 명징한 가르침을 주었을 테지만 이제껏 제대로 읽어낼 줄 몰랐다. 배풍등이 데크 귀퉁이에서 자라 한겨울에 꽃을 피운다는 걸 잊어버린 것처럼.

배풍등꽃은 향기가 없다. 어쩌면 향을 안으로 품고 있는지도 모른다. 자신의 내면으로 침잠하는 것들은 저마다 강인한 힘을 가진다. 아니면 삭풍의 겨울을 어떻게 푸르게 날 수 있겠는가. 인생 2막을 열면 거기 꽃피는 시간이 나를 기다리고 있으리라.

밀쳐두었던 필름카메라를 다시 들었다. 빛 한 점 없는 암실에서 시린 손으로 롤을 더듬어 필름을 감는다. 복잡한 과정의 현상액을 만들어 수없이 교반하고, 암실에서 적정 노광을 찾기 위해 반복 테스트하여 마침내 인화를 한다. 네댓 시간 동안 선 채 몰입하다 보면 온몸은 뻣뻣해져 손가락 하나 움직일 수 없다. 필름카메라의 고된 작업을 다시 시작한 것은 삶의 반환점에 선 내가 잡고 오를 지지대임을 알기 때문이다.

뷰파인더 속 배풍등이 환하게 다가온다. 노란 수술에 아침 햇살이 몽글몽글 맺혀 있다. 셔터를 누르자, 흰 꽃잎들이 겨울을 배경으로 더욱 선명해진다.

PART 4

맹그로브 숲을, 읽다

빛, 찰나를 담다

    늦가을 새벽, 두물머리가 깨어난다. 멀리 작은 섬과 반쯤 기운 뗏목을 뷰파인더로 불러들인다. 산과 강물이 어슴푸레 기지개를 켜자 한 폭의 수묵화가 펼쳐진다.

    햇귀 올라올 때까지 다들 숨죽여 기다린다. 더 좋은 화각을 얻기 위해 늘어선 삼각대의 틈새를 비집고 들어오려는 사람들이 부산스럽다. 시야를 가린다며 비켜달라는 고함소리가 새벽 공기를 흔든다. 해돋이의 찰나를 담으려는 이들의 얼굴엔 긴장이 감돈다. 드디어 붉은 기운이 번지자 여기저기 셔터 소리가 쏟아진다. 수면 위로 날아오르는 수천 마리 철새의 날갯짓 같다.

    달팽이처럼 혼자 집을 지켜야 했던 가난한 유년 탓이었을까. 외향적인 겉모습과는 달리 타인에게 쉽게 마음을 열지 못했다. 대충 넘어갈 일도 옴니암니* 따지며 잘잘못을 가렸다. 사람들의 시선에 예민하게 반응하며 쉽게 상처를 받았다. 방어막을 두른 채 스스로를 옭아매었다. 혼자만의 세계에 느루** 젖어들 무렵 사진을 만났다.

시작은 중고 수동필름카메라였다. 노출, 조리개, 셔터 스피드 등 아는 게 없었지만 내 카메라를 가졌다는 설렘은 지금도 생생하다. 밤새워 사진 관련 책을 탐독하고 난 후 첫 출사를 갔다. 두근거림으로 한나절 달려간 곳은 해 질 무렵의 고요하고 아늑한 강둑이었다. 풍경에 매료되어 연신 셔터를 눌렀다. 기대감으로 돌아왔지만 단 한 장도 얻을 수 없었다. 필름을 잘못 끼웠던 것이다. 서른여섯 장 필름 세 롤을 찍었지만 인화 가능한 것은 대여섯 장 뿐인 적도 있었다. 노출과 초점이 맞지 않거나 흔들렸기 때문이다.

차츰 필름 대신 이미지센서를 사용하는 디지털카메라로 바꾸었으나 요0즘도 두 종류를 동시에 가지고 다닌다. 디지털카메라는 편리한 반면 독특한 사진을 얻는 데는 한계가 있다. 수동 카메라는 필름 값이며 현상, 인화하는 과정이 복잡하지만

---

* 옴니암니 : 다 같은 이인데 자질구레하게 어금니 앞니 따진다는 뜻으로, 아주 자질구레한 것을
　　　　　이르는 말
** 느루 : 한꺼번에 몰아치지 아니하고 오래도록 (=늘)

개성적인 사진을 얻을 수 있다.

마음과 달리 사진은 쉽게 곁을 주지 않았다. 초점을 맞추느라 결정적인 순간을 놓쳐 발을 구른 적도 많았고, 폭포 풍경을 담으려다 낭떠러지로 떨어질 뻔한 위험천만의 순간도 있었다. 저녁 무렵 암실에 들어가 새벽까지 작업했지만 기대에 미치지 못할 때면 허탈감이 밀려왔다. 사진은 맨손으로 잡으려고 애쓰는 물속의 물고기들처럼 늘 내 앞에서 달아났다.

사진을 뜻하는 포토그래피는 그리스어로 '빛으로 그린 그림'이라는 뜻이다. 노출은 조리개와 셔터속도로 빛의 양을 조절하는 것이다. 빛은 내가 아는 것보다 훨씬 더 복잡한 세계였다. 부족하면 어둡고 과다하면 지나치게 밝아 영상의 디테일이 사라진다.

뒤돌아보면 삶도 때때로 그랬다. 셔터속도가 빨라 실패한 일도 많았고 너무 느려 좋은 기회를 놓친 적도 있었다. 노출값이 오버되어 오랫동안 안갯속을 헤매기도 했다. 삶의 셔터 찬스는 감을 잡을 수 없었다.

장사로 집을 비우는 엄마 대신 집안일과 동생들 보살피는 일은 힘이 들었다. 이른 아침부터 촌각을 다투며 도시락까지 챙기고 나면 가쁜 숨을 몰아쉬어야 했다. 지각이 잦았고 그럴 때마다 앞으로 불려 나가 출석부로 머리를 맞았다. 자존감이 바닥이었으니 대학 낙방은 당연했는지도 모른다. 재수하여 겨우 진학했지만 강의실 대신 음악 감상실이나 다방 구석에 앉아 시간을 때웠다.

졸업 후 교원 발령 대기자 끄트머리에 꽤 오랫동안 머물러 부모님 애를 태웠다. 부임지 곳곳에서 이상과 맞지 않아 주변 사람들과 불화한 적도 많았다. 이해해주지 않는 남편을 미워하고, 내 뜻대로 따라주지 않는 자식들을 원망했다. 그럴수록 내가 짜놓은 틀 안에서 아이들이 움직여주길 바랐다. 첫째는 자기표현이 서툴러 학교생활이 원만하지 못하여, 둘째는 틈만 나면 밖으로 나돌아 애를 태웠다.

물상은 저마다 고유한 속내를 가진다. 이내 낀 먼 산마루와 풀잎 끝에 앉아 있는 무당벌레, 강물 위를 날아가는 해오라기며 발밑에 피어있는 한 송이 단풍제비꽃까지. 대상의 내면을 세상 밖으로 불러내어 진심과 만나는 일은 쉽지 않다. 기계적인 접근으로 다가가면 그만큼 물러나 버려 좋은 작품을 얻기 힘들다. 사물이든 사람이든 진실이 통하지 않으면 짝사랑에 그치고 만다. 극진하게 바라보아야 교감하게 되고 흡족한 사진을 얻을 수 있다.

언젠가 담양 죽녹원에 간 적이 있었다. 청량한 바람과 댓잎 스치는 소리와 우듬지 위로 날아가는 되새 떼의 움직임을 담고 싶었다. 이틀간에 걸쳐 쪼그려 앉아 피사체에 몰입했지만 끝내 마음에 드는 이미지를 얻지 못했다. 작품을 얻으려는 성급한 마음이 앞서 정확한 타이밍을 놓쳤기 때문이다.

사진 작가 카르티에 브레송은 사진을 '삶의 메모'라고 했다. 그의 '결정적 순간'이란 사진가와 대상이 찰나적으로 하나가 되는 때다. 하나가 된다는 것은 서로에게 스며드는 것이다. 작가와 풍경이 혼연일체가 될 때 비로소 좋은 작품이 얻어진다. 어설프게 다가가면 실패하고 만다. 삶도 마찬가지여서 내가 다가서면 뒤로 물러섰고 다가오면 내가 주춤 뒷걸음쳤다. 제대로 초점을 맞추는 게 힘이 들어 주저앉거나 포기하는 일이 많았다. 그럴 때 내 손에 들린 것은 구겨진 사진들뿐이었다.

대기가 맑은 겨울밤 천문대에 올라 별을 촬영할 때였다. 그믐의 칠흑 같은 밤하늘엔 무수한 보석이 반짝였다. 호흡을 가다듬고 가만히 귀를 기울이면 별들의 수런거림이 들렸다. 수억 광년을 달려와 마침내 나에게 도착했을 빛, 흘러가는 은하수, 포물선을 그리며 떨어지는 별똥별의 긴 꼬리. 광대한 우주를 바라보며 숨이 멎을 것 같았던 순간은 두고두고 잊히지 않는다.

어느새 해가 돋고 사람들은 장비를 철수하느라 부산하다. 두물머리 출사가 제대로 되었는지 알 수 없다. 사진과 만난 지 이십여 년이 되었다. 요즘엔 반드시 좋은 작품을 만들어야겠다는 집착을 내려놓는다. 중요한 건 진정으로 사물과 조우했느냐이다. 그런 만남이 있었다면 성과 같은 건 상관없지 않을까.

　머리를 맞댄 강이 안개를 부른다. 희뿌연 고요가 산 아래로 내려오면 사위는 한층 더 고즈넉해진다. 아침 햇살이 물고기처럼 수면 위로 튀어 오른다. 고니 두 마리가 파문을 일으키며 둔덕 위로 날아오른다. 사백 년 수령의 느티나무와 황포돛배가 성큼 다가온다. 두물머리의 또 다른 찰나이다. 집어넣었던 카메라를 얼른 꺼낸다.

돌 채 를   짓 다

초록의 번짐이다. 감태나무, 시눗대 숲이 통창을 채색한다. 참외와 오이 덩굴 어우러진 남새밭이 푸른 물감을 풀어놓는다. 패랭이와 원추리에 벌과 나비가 날아든다. 창은 수묵담채화 한 점을 슬며시 내건다.

데크 허문 자리에 거처 한 칸을 들였다. 뒤란의 바위가 보인다고 해서 '돌채'라는 당호를 붙였다. 전면 창으론 아름드리 상수리나무부터 작은 채송화까지 한눈에 들어온다. 서쪽 창엔 대숲과 마당의 나지막한 돌담이 가득 찬다. 후미졌던 뒤란이 그윽한 정취가 풍기는 곳으로 바뀌었다.

전원으로 거처를 옮길 때 남편은 집 뒤 공간을 넓게 남겼다. 데크를 만들어 매일 줄넘기를 했으나 세월이 지나면서 자질구레한 물건을 쌓아두게 되었다. 어쩌다 바비큐를 하거나 김장배

추를 절이고 씻는 용도 외엔 별반 쓰임새가 없이 낡아갔다.

강산이 네 번이나 바뀔 동안 직장과 가정에 매달려 허둥지둥 살았다. 자신을 돌볼 겨를이 없었다. 막상 퇴직하고 나니 그동안 공허감에 묶여 살았다는 후회가 밀려왔다. 삶의 가파른 변곡점을 지나니 막연한 두려움 또한 컸다.

스웨덴어 스물트론스텔레smultronstalle는 딸기밭이라는 뜻이다. 세상으로부터 숨고 싶을 때나 혼자의 시간이 필요할 때 찾는 곳을 말한다. 나만의 공간에서 음악을 듣거나, 책을 읽고 사색하며 여유를 누리고 싶었다. 은퇴 전부터 꿈꾸던 일이었다. 여러 가지 생각 끝에 쓸모없어진 뒷데크를 허물고 별렀던 별채를 짓기로 했다.

남편과 함께 어떻게 만들지에 대한 고민이 시작되었다. 기존의 데크 구조로 하면 계단을 내야 해서 공간이 턱없이 좁았다. 며칠 동안 궁리를 거듭한 끝에 그는 연필로 슥슥 그린 도면 한 장을 내밀었다. 옹벽을 활용하여 뒤란 쪽에 출입문을 낸 획기적인 설계였다. 지하에 창고까지 덤으로 생기는 아이디어에 시공자도 놀랐다.

숲과 바위를 한눈에 보기 위해 벽면과 출입문은 통유리로 구상했다. 본채의 주방과 현관 확장, 낡은 싱크대와 바닥 교체, 도배 등 손 볼 데가 많아 리모델링 공사 견적도 함께 넣었다. 둘 다 기대감으로 들떴지만 인테리어에선 생각 차이가 컸다. 꼭 필요한 것 외엔 여백을 원하는 그와는 달리 나는 고풍스러운 테이블과 각종 소품으로 꾸미길 고집했다. 자재와 인건비 인상으로 만만찮은 경비도 그렇지만 좀처럼 일치되지 않는 의견 마찰은 더 버거웠다.

돌채 공사가 시작되었다. 방수 베니어판을 깔고 들보에 이어 창틀을 달자 집 모양새를 갖추었다. 리모델링 공사가 뒤따랐다. 계속되는 폭염 경보 속에서 타일 시공으로 인한 분진과 소음 등으로 여간 불편하지 않았다. 일주일간 마당에서 버너로 식사를 해결할 땐 차라리 이사가 더 나을 것 같았다. 돌채가 완성되자 달라졌다. 한쪽 면이 잘린 것 같던 집 외형은 비로소 안정적인 느낌이 났다. 서쪽 언덕에서 내려다보니 꽤 입체적이었다. 그의 설계 덕분이라 생각하니 굳었던 마음이 조금씩 누그러졌다.

대형 액자 같은 창밖 풍경에 각별히 신경 썼다. 바위 주변에 감국과 꽃범의꼬리를 심고 웃자란 자두나무와 살구나무 가지를 전정했다. 장마에 넘어진 맨드라미와 다알리아에 지지대를 세우고 바랭이를 뽑아냈다. 화단 경계엔 암수키와로 모양새 있게 꾸몄다. 단장하고 나니 썩 마음에 들었다.

서편 금강송 세 그루는 평소 무성한 대숲 속에서 우듬지만 보였다. 가렸던 대나무를 베어내자 여지없이 드러난 큰 키와 붉은 나무껍질이 위풍당당했다. 실내는 조금씩 양보하여 아담

한 탁자와 간단한 집기로 소박하게 꾸몄다. 오랜 세월, 우린 동반자로 삶의 거센 물살을 헤쳐오지 않았던가.

창은 시시각각으로 변하여 볼 때마다 새롭다. 돌계단을 까치발로 내려온 어린 멧비둘기가 손에 잡힐 듯 지척이다. 잠자리와 산호랑나비가 날아다니고 가끔씩 곤줄박이 떼가 후르르 내려앉았다 날아간다. 어느 날 밤엔 새끼 고라니가 무성한 원추리 사이로 풀을 뜯으며 창안을 살핀 적도 있다.

햇살 투명한 날도 그렇지만 비 오는 날 풍경 또한 경이롭다. 빗물 머금은 천사의 나팔 이파리가 반짝이고, 뒤질세라 파초도 쪽배 같은 잎을 흔든다. 더욱 선명해진 초록이 무릎걸음으로 다가와 안긴다. 창엔 빗방울이 만든 온갖 형태의 군무가 펼쳐진다. 렌즈로 당기면 육안으론 볼 수 없던 또 다른 세계를 만나게 된다.

소완정은 조선 후기 문신인 이서구의 서재이다. 그곳에 머물면서 새, 곤충, 풀, 나무를 관찰하고 《소완정금충초목권素玩亭禽蟲艸木卷》을 남겼다. 이덕무를 비롯한 벗들이 모여 시를 짓고 학문을 논하던 곳으로 18세기 조선의 핵심 문화 공간이 되었다. '맑고 푸른빛 먼 하늘 두루 퍼지고 / 매미 소리 문득 퉁소 소리 하나 되네 / 어른 수염 머리털 예스럽고 / 그윽한 정원 저녁 바람 서늘하네.' 이덕무의 〈소완정에서〉 전문이다. 그들은 자연 속에서 함께하며 쉼을 얻고 자신들의 사상을 발전시켜 나갔다.

가끔씩 촛불이나 촉수 낮은 전등으로 아늑한 분위기를 만든다. 벗들은 은은한 불빛 아래서 얘기꽃을 피우며 통창이 연출하는 풍경에 연신 감탄한다. 가끔은 그의 초보 요리를 먹으며 그동안 힘들었던 시간을 토닥인다. 돌채는 서서히 우리 부부의 특별한 일상으로 자리 잡아가고 있다.

살다 보면 치유의 시간과 공간이 필요할 때가 있다. 투우가 지친 몸을 회복하기 위해 찾아가는 퀘렌시아처럼. 누구는 그림이나 음악으로, 어떤 이는 여행이나 맛있는 음식으로 힘을 얻는다. 스러지듯 주저앉아버리고 싶을 때가 많았는데, 그때 돌채가 있었더라면 안식처가 되었을 것이다. 창밖을 무추룸히 바라보며 사색에 잠기거나 책을 읽으면 헤세가 정원에서 많은 시간을 보냈던 이유를 알 것 같다.

고대 그리스인들은 모두에게 주어지는 것이 아닌, 각각의 특별한 의미가 담긴 시간을 '카이로스'라고 했다. 삶을 가치 있게 하는 것은 얼마나 충만한 시간을 보내느냐일 것이다. 과거나 미래에 붙잡혔던 나를 돌아본다. 순간순간을 의미 있게 채워야겠다고 생각한 것도 이즈음의 일이다. 읽다 둔 책을 펼쳐 생각이 머문 자리에 밑줄을 긋는다.

지나가는 남실바람이 아까시 우듬지를 흔든다. 노을이 발묵하는 창에 산비둘기 울음소리가 푸른 낙관을 찍는다.

나 비 물

    남새* 씻은 물을 마당에 뿌린다. 날갯죽지를 펼치며 나비물이 허공에 흩어진다. 흙먼지가 풀썩 일어나고 바지랑대 끝 고추잠자리가 놀란 듯 날아간다. 남은 물을 화단에 뿌리자 더위에 지친 꽃들이 화들짝 생기를 되찾는다.

    물을 옆으로 좌악 끼얹어 양쪽으로 갈라지는 것을 나비물이라고 한다. 얇은 막처럼 퍼진 물이 나비처럼 나풀거리며 날아간다고 해서 붙여진 이름이다. 어릴 적, 할머니는 첫새벽에 일어나 집 안팎을 깨끗이 청소했다. 골목까지 싸리비로 쓴 후, 마당이며 꽃밭에 허드렛물을 뿌렸다. 먼지 날리던 흙들이 언제

*남새 : 밭에 심어서 가꾸는 채소

그랬냐는 듯 금세 얌전해지고 분꽃, 백일홍, 맨드라미는 초롱
초롱 꽃을 피워 올렸다. 당신의 나비물로 마당과 뜰은 늘 정갈
하고 풍성했다.

할머니는 동살* 잡힐 무렵이면 자드락길을 지나 산비알로
갔다. 괭이질을 하고 호미로 돌을 골라 바소쿠리에 담아내며
척박한 땅을 개간했다. 코 닳은 고무신으로 버텨내야 했던 거
친 노동은 지병인 천식을 부추겼다. 밤이 되면 엎드려 가쁜 숨
을 몰아쉬었지만 결코 내색하지 않았다. 식솔들 굶기지 않겠
다는 마음 하나로 일에 매달렸다. 자신을 다 내어주는 나비물
처럼.

장날 아침이면 중학생 삼촌에게 장거리가 잔뜩 실린 바지
게를 지워 앞세웠다. 등굣길에 지게 지는 것만은 못하겠다며
막무가내로 버티는 삼촌을 조곤조곤 타이르고 당신도 장 보따
리를 이고 뒤따라 나섰다. 나는 학교 마치기 무섭게 난전으로
달려갔다. 할머니 자리는 붉은 조명이 흘러나오는 식육점 건너
편이었다. 무명수건 하나로 따가운 햇볕을 받아내며 맨바닥에
앉아있는 모습은 한 마리 나비 같았다. 시장바닥에 날개를 편
할머니 앞섶은 오가는 사람들 발자국 소리를 따라 팔랑거렸다.

---

*동살 : 새벽에 동이 틀 때 비치는 햇살

할아버지는 중학교를 채 졸업하기 전에 증조할아버지의 강요로 혼례를 올렸고 다시는 학교로 돌아갈 수 없었다. 행여 흙탕물이 튈세라 뒷짐으로 걸어붙인 할아버지 모시 두루마기는 희다 못해 옥빛이었다. 들일 마친 할머니가 전날 늦은 밤까지 푸새한 것이었다. 장날엔 자정을 알리는 사이렌 소리를 넘기기 예사였다. 쇠 전 투전 방에서 봤다는 소문이 심심찮게 들려왔지만 할머니는 귓등으로 흘렸다. 꺾여버린 학업에 대한 열망을 그렇게라도 풀어야 되지 않겠냐며 애써 태연한 척했다.

할머니의 고수레는 엄숙한 의식이었다. 제사나 차례는 물론, 맛난 음식을 장만할 때면 어김없이 행해졌다. 대문간에 과일이며 고기, 떡을 떼어놓고는 엄숙하게 앉아 '고쉬레에~'를 하면서 가족들 건강과 안녕을 기원했다. 들판에서 새참을 먹을 때도 마찬가지였다. 좋은 음식을 먹게 해준 자연에 대한 고마움과 더불어 미물에게도 먹을 것을 나누어 주는 걸 잊지 않았다.

둑을 쌓기 전 고향 들녘엔 가뭄이 자주 들었다. 그해 가뭄은 이십 년 만이라고 했다. 논바닥은 갈라 터지고 벼는 타들어 갔다. 용두레로 물을 퍼 올리는 것은 한계가 있었다. 동네 장정들과 며칠간 의논 끝에 면사무소를 찾아갔다. 손사래 치는 담당자를 설득해서 천신만고 끝에 막 보급되기 시작한 양수기를 들여올 수 있었다. 타성바지로 품을 들어 근근이 살아가는 동네 외딴집을 찾아 겉보리 자루를 내미는 것도 잊지 않았다.

할머니를 생각하면 헛간 바람벽의 멱둥구미⁎를 내려 밭으로 나가는 모습이 제일 먼저 떠오른다. 해진 베 수건에 가려진 구릿빛 이마와 콧잔등에 송골송골 맺힌 땀방울과 함께. '멱둥구미 쭈그러진 것은 삼 이웃이 달려들어도 못 일으킨다.'라는 말이 있다. 이미 형세가 기운 것은 아무리 애를 써도 회복하기 어렵다는 뜻이다. 예전의 큰 기와집 면모까지 미치지 못했지만 조금씩 가세를 일으켰으니 그 말은 당신과는 무관한 셈이다.

농사일이 없을 때면 반닫이를 닦고, 툇마루를 훔치거나 몽당비로 뜰을 쓰는 등 한시도 쉬지 않았다. 가장 정성을 쏟는 것은 장독대를 닦는 일이었다. 거친 일에도 유난히 고왔던 손으로 소꿉놀이하는 우리 모습이 얼비칠 정도로 꼼꼼하게 독을 어루만졌다. 아무리 누추한 것들도 당신 손길이 닿으면 생기가 돌았고 반짝반짝 윤이 났다.

들에서 돌아온 할머니는 내게 등목을 맡겼다. 목물은 등을 타고 흘러내리며 양쪽으로 물 날개를 펼쳤다. 벗어놓은 삼베 등거리에서 시큼한 땀 냄새가 풍겼다. 두 팔을 짚고 엎드린 겨드랑이 사이로 마른 강낭콩 같은 젖꼭지가 눈에 들어왔다. 할머니의 빈 젖을 만지며 잠자리에 든 날엔, 꿈속에서 흰 나비 한

⁎멱둥구미 : 짚으로 둥글고 울이 깊게 결어 만든 그릇. 주로 곡식이나 채소 따위를 담는 데에 쓴다.

마리가 힘찬 날갯짓을 하곤 했다.

나는 누군가에게 나비물이 되어 진심으로 다른 이를 어루만져 준 적이 있었던가. 타인을 다독거리기보다 상처 난 내 마음부터 내밀기 바빴다. 위로와 격려해주는 데 인색했고 늘 받으려고만 했다. 날개를 펴서 감싸주기는커녕 물갈기만 세운 것 같다.

할머니는 허울뿐인 가문에 시집와서 궁핍을 겪으면서도 동냥 온 사람들에게까지 정성으로 상을 차려주었다. 마당 귀퉁이 바랭이까지 살리고 뭇 생명을 감싸주었던 생전의 따뜻한 모습이 나비물처럼 다가온다.

골목길에 물 보자기 하나 펼친다. 날개를 활짝 편 물은 잠시 시원한 그늘을 만들고 숨 막히는 더위를 식힌다. 흰 모시나비 한 마리 팔랑팔랑 동구 밖으로 날아간다.

정원사 새의 둥지 가꾸기

새의 움직임이 분주하다. 쌓아둔 이끼 사이로 긴 나뭇가지를 이리저리 꽂는다. 거꾸로 매달려 몸을 틀기도 하면서 구석구석 빈틈없이 채우고 좌우 균형을 섬세하게 맞춘다. 다큐멘터리 화면 속 보겔콥바우어 새는 일명 숲속 정원사로 불린다.

빌딩 숲을 벗어나 숙원이었던 전원으로 옮겼을 때였다. 외등 아래서 무거운 돌을 옮겨 화단을 만드느라 자정을 넘길 때가 많았다. 날이 희붐하기 무섭게 호미를 잡았고 출근 시각에 쫓겨 아침을 거른 적도 한두 번이 아니었다. 마당 있는 집을 갖게 되면 정원을 아름답게 가꾸리라는 마음이 간절했기에 힘든 줄 몰랐다.

칭찬받을 수 있는 것도 있었을 텐데 질타를 많이 받으며 자라 눈치를 키웠다. 기준점을 늘 바깥에 두고 남을 따라가다 보니 잘하는 것이 별로 없었다. 그래서일까. 주눅 들어 세상이 정해놓은 틀에 갇혀 살았다. 미미한 나를 숨기기 위해 만들어진 허울은 자의식이 강해 보여 사람들의 접근을 막았다. 마음 깊숙한 곳에서 이따금씩 자라지 못한 아이의 울음소리가 들렸다.

중년을 훌쩍 넘기면서 친구들과 모임이 있을 때면 은근슬쩍 그들이 타고 온 차를 곁눈으로 보았다. 사회적 성취나 아파트 평수, 부동산 시세 얘기가 이어질 때면 절로 움츠러들었다. 격차가 크게 느껴질수록 자신이 초라하고 씁쓸하게 느껴졌다. 출발 땐 내가 선두였는데 어느새 뒤로 밀려나 있었다.

삶은 생각대로 흘러가지 않았다. 뒤처진다고 생각할수록 남들과 비교하며 열등감에 허우적거렸다. 온전한 나를 찾고 싶었지만 마음은 과거와 미래를 수시로 들락거렸다. 지나간 시간은 회한을, 앞날은 불안을 주었다. 땅에 발을 딛고 사는 것이 허공에 외줄 타는 것보다 힘들 때면 호미를 들었다.

계절이 바뀌면 수십, 수백 개의 꽃모종을 들여왔다. 색깔별, 크기별, 개화 시기 등 어울림을 가늠하며 땀을 흘렸다. 마음에 들 때까지 이리저리 옮겨심기를 반복하다 보면 한나절이 삽시간에 지나갔다. 바통을 주고받으며 꽃이 분주히 다녀가고 푸르름이 거침없이 밀려왔다. 푸성귀를 시나브로 먹을 수 있도록 남새밭도 적당하게 만들었다. 어느 정도 밑그림이 그려지자 마음이 해낙낙했다.

　바우어 새는 수천 개의 나뭇가지를 들여 마침내 아이 하나 들어갈 만큼의 정자를 완성한다. 그다음부턴 정원 꾸미기가 시작된다. 크고 잘 익은 열매를 신중하게 고르고, 예쁜 조개껍질과 조약돌을 가져온다. 색이 고운 나뭇잎과 반짝반짝 빛나는 딱정벌레 껍질은 잘 보일 수 있도록 쌓는다. 형형색색의 수집품을 색깔과 모양에 따라 정리하고, 시든 꽃이나 말라버린 열매는 도로 물어다 버린다. 9개월가량 걸쳐 정원이 완성되면 그제야 구애를 한다.

　아침이면 서편 비알의 대숲에선 까치와 멧비둘기, 직박구리가 목청을 가다듬는다. 마당 뒤쪽엔 지형의 높낮이에 맞게 나무와 꽃들을 배치하고, 언덕바지 대숲엔 평상을 들여 입체적으로 꾸몄다. 뒤란 붉은조팝 화단엔 죽란竹欄을 만들고 분홍찔레꽃 넝쿨을 올렸다. 마당에서 올망졸망한 천수답을 옆구리에 낀 동구길을 내려다보는 것이 일과처럼 되었다.

　죽란시사竹欄詩社는 다산의 각별한 꽃 사랑에서 비롯되었다. 다산은 마당에 갖은 꽃과 나무를 가꾸고 둘레엔 대竹 울타리를 둘러 소중히 아꼈다. 꽃필 때면 마음 맞는 벗들을 불러 술잔을 기울이며 시를 지었다. 여름에는 연꽃 피는 소리에 귀를 기울이고, 가을엔 국화 앞에 촛불을 켜고 꽃 그림자가 만든 수묵화를 즐겼다.

햇빛은 사사롭게 비추는 법이 없었고 대지는 땀 흘린 것만큼 결실을 주었다. 인동초, 당아욱, 백일홍, 옥잠화…. 꽃들과 하나하나 눈 맞추며 붙박이처럼 앉아 있다 보면 지난날의 후회나 미래의 불안은 봄눈 녹듯 사라졌다. 흙을 만지면 나답게 살라는 내면의 소리를 들을 수 있었고, 온전한 '자아'로 존재하여 홀로 빛날 수 있었다. 나무들 사이로 하늘을 올려다보면 가슴속에서 무엇인가가 나를 밀어 올리고 끌어당겼다.

봄을 열었던 씀바귀는 초겨울이면 꽃받침이 무채색 꽃으로 다시 피어나 혹한에도 의연하다. 이모작 낸 마가렛은 얼다 녹기를 반복하면서 흰색 꽃잎 안에 노랑 구슬을 소복하게 담는다. 점점 부풀어 올라 꽃을 피우고 가루를 날린다. 자연은 과거나 미래가 아닌 현재에서 제 소임을 다한다.

실패를 반복하며 후회했던 지난날들을 통해 배운 것도 많다. 삶이라는 총합은 뺄셈도 덧셈도 아닌 '같다'는 것이다. 끊임없이 남을 의식하며 좇으려고 했던 허영과 욕망을 자연의 섭리 속에서 조금씩 내려놓게 된다. 지금의 내 모습도 괜찮다. 바깥으로 향했던 중심점을 안쪽으로 돌려 '자존'이라는 나만의 문양을 만들어가고 있으니.

헤르만 헤세는 거주지를 옮길 때마다 정원을 만들고 가꾸었다. 전쟁의 고통을 겪은 후 사회와 단절하고 정원 일로 메마른 삶을 풍성하게 바꾸려 했다. 영혼의 안식을 위한 것이었다.

프랜시스 버넷의 동화《비밀의 화원》에서 고아가 된 메리는 장원莊園의 고모부에게 맡겨진다. 곧 죽을 것이라는 생각에 갇혀 지내는 사촌과 함께 오랫동안 버려진 뜰을 가꾼다. 마법처럼 정원을 되살리면서 아이들은 기쁨을 느끼고 덧난 마음을 치유해간다.

　신선하고 향긋한 바람이 남실남실 불어 들면 몸을 굽혀 꽃잎에 입 맞춘다. 장미는 마법에 걸린 듯 꽃망울을 터뜨리고 향기는 뜰에 스며든다. 내 몸에선 소리 없이 가지며 잎이 솟아 나온다. 정원에 서면 내가 한 그루 나무이고 한 송이 꽃이 된다. 능소화 만발하고 파초 그늘 짙어지면 멀리 있는 벗을 부르리라.

　장마가 지난 뒤, 화단은 순식간에 바랭이와 명아주 천지다. 서둘러 일복으로 갈아입고 장화를 신는다. 낫과 호미, 반달 삽을 챙겨 뜰로 간다. 정원을 완성한 바우어 새는 이성을 유혹하지만 나는 자연을 유혹한다. 매화와 꽃무릇과 청화쑥부쟁이를, 멧비둘기와 곤줄박이를, 흰 조각구름과 노을과 바람을.

방 패 연

소소리 바람이 들판을 가로지른다. 유유히 움직이는 방패연과 꼬리를 사부작거리며 헤엄치는 가오리연이 떠오른다. 연이 두둥실 뜨기 시작하자 사람들은 "와!" 탄성을 지른다. 떨어지려고 하면 성급히 얼레를 감는 이들과 연줄 조절을 위해 이리저리 뛰어다니는 사람들로 배꼽마당은 분주하다.

결혼 후 지구 반대편 나라에 살던 딸이 틈을 내어 귀국했다. 모처럼 가족 여행지는 오래전부터 마음에 두고 있던 민속 마을이었다. 인공적으로 꾸며진 여느 민속촌과는 달리 수백 년 맥을 이어온 마을이라 사진가들도 많이 찾는 곳이다.

골목길을 걸으면서 남편은 사진 찍자는 딸의 말에 선뜻 응하며 온갖 포즈를 잡는다. 부녀의 익살스러운 모습에 나도 따라 웃는다. 손을 잡고 얘기꽃을 피우며 함께 걷는 아빠와 딸의 모습이 정겹다. 왁자한 정월 대보름 풍경은 유년의 고향처럼 흥이 넘친다. 금세라도 반가운 얼굴들이 나와서 맞아줄 것 같다.

겨울방학이면 할아버지는 햇살 잘 드는 큰방에서 손주들을 위해 연을 만들었다. 가늘게 쪼갠 대나무를 창호지에 꼭꼭 눌러 붙이는 일, 꽁숫구멍을 뚫어 연줄 매는 일까지 꼼꼼한 손길로 정성을 다했다. 연을 만드는 동안 마음은 벌써 바람 부는 언덕배기에 먼저 가 있었다. 나는 역삼각형 모양의 가오리연보다 창공에 유유자적 넘실거리는 방패연이 마냥 좋았다.

방패연을 만들기 위해서는 화선지와 다섯 개의 대나무 살이 필요하다. 맨 아래에는 살을 대지 않는다. 연이 잘 날지 못하기 때문이다. 중앙에 뚫린 방구멍은 바람을 조절한다. 그것이 없다면 연이 잘 날지 못하거나 찢어지기 쉽다.

큰딸은 어릴 때부터 의사 표시에 서툴렀고 행동이 굼떴다. 세 살 아래 둘째가 언니처럼 굴었다. 동생이 시키는 대로 하며 자신의 주장을 펴지 못했다. 답답해서 다그쳤지만 그럴수록 주눅만 늘었다. 아이는 점점 자신감을 잃어갔고 성에 차지 않은 나는 다른 아이들과 비교하며 야단쳤다. 아이의 기질을 제대로 알려고 하지 않은 채 성급한 내 욕심만 앞세웠다.

연날리기를 지켜보던 딸아이가 한번 날려보고 싶다고 했다. 딸이 어렵사리 띄워 올린 방패연은 허공으로 오르는가 싶더니 비틀거린다. 금방이라도 떨어질 것 같아 불안하다. 남편이 급히 얼레를 조절해주니 아슬아슬하게 다시 오른다. 조곤조곤 연줄 감는 법을 가르쳐주는 그의 모습이 새삼스럽다. 의기소침해서 제대로 답을 못하는 딸에게 그것도 모르느냐며 핀잔주던 예전의 모습과는 사뭇 다르다.

바람은 연날리기에서 매우 중요한 역할을 한다. 공기보다 무거운 연이 하늘로 높이 오르기 위해서는 바람과 잘 사귀어야 한다. 그것을 껴안을 줄도, 난데없이 심술을 부리면 적당히 떠밀어내는 것도 필요하다. 그렇다고 바람의 힘으로만 오르진 않는다. 거친 공기의 흐름에 맞서 자유롭게 날기 위해서는 얼레를 조절하는 일과 튼튼한 연줄은 기본이다. 지상에서 처음 발을 뗀 딸의 방패연은 좌우로 몸을 흔들며 아래를 조심스럽게 둘러본다. 홀로 공중으로 오르는 일이 왜 두렵지 않겠는가.

세상 밖으로 나간 딸에게 취업 문턱이 높은 것은 당연한 결과였는지도 모른다. 어렵사리 들어간 직장도 견디질 못하고 이직을 반복했고 갈수록 남의 시선에 예민해졌다. 앞날에 대한 불안 속에서 딸은 힘겨워했다. 나의 잘못된 양육 탓인 것 같아 자책했지만 돌이킬 수 없었다.

정월 대보름을 앞둔 고향 언덕은 우리들의 아지트였다. 삼삼오오 모여 연 띄우기 내기를 했다. 또래들 연은 하늘 높이 헤엄쳐 올라가는데 내 것은 자꾸 공중을 맴돌다 땅으로 내리꽂혀 애가 탔다. 연줄을 적당히 늘려 잡아야 하는데도 너무 짧게 쥐어서 그렇다는 것을 뒤늦게야 알았다.

연을 제대로 날리려면 얼레 조절도 중요하다. 세찬 바람으로 연이 올라가면 풀어주고, 떨어지면 잡아당겨야 한다. 얼레는 물레의 원리를 이용한 것이다. 중앙에 고정 막대가 있고 겉의 틀이 돌아가게 함으로써 빨리 풀고 감을 수 있다. 부모가 얼레라면 자식은 하늘에 띄운 연이 아닐까. 나는 얼레 조절에 미숙했다. 방구멍을 막았던 적도 있었고 연줄을 너무 바투 잡거나 느슨하게 풀어버린 적도 많았다.

바짝 당겨 감는 부모라는 얼레 때문에 딸은 비틀거리며 제대로 날 수 없었을 것이다. 본능과 애정만으로 자식을 키울 순 없다. 자기만의 춤을 만들어 추게 해야 하는데 내 안에 가두고 뜻대로 되지 않는다고 몰아세우기만 했다. 딸은 외국인과 결혼 후 내 곁을 훌쩍 떠났다.

사랑 하나로 영국까지 건너간 딸은 흐린 날이 많은 자연환경과 생경한 문화에 부딪혔다. 가장 큰 문제는 판이한 성향이었다. 활동적인 사위는 딸과 매번 함께 운동하기를, 정적인 딸은 혼자만의 시간을 원했다. 다름은 곧 틀림으로 서로를 옭아맸다. 결혼 전에는 결코 느끼지 못했던 일이었단다. 부부싸움을 할 때면 언어적 한계에 부딪혀 감정을 제대로 표현하지 못해 울화가 쌓여갔다. 국제결혼을 너무 쉽게 생각했나 하는 후회가 들면서 급기야 공황장애가 왔다. 지구 반대쪽에서 울리는 보이스톡 벨 소리에 가슴 철렁할 때가 많았다.

여기저기 수없이 이력서를 넣었지만 시민권도 없는 딸이 설 자리는 좁았다. 또다시 시작된 취업난이었지만 의외로 꿋꿋하게 견뎌낸 덕분에 정규직을 눈앞에 두고 있다. 인간관계에 대해 끊임없이 조언해준 아빠의 힘이 컸단다.

작가 도로시는 어머니는 기대야 할 존재가 아니라 기대는 것을 불필요하게 만들어주는 존재라고 했다. 딸을 믿고 기다려주지 못했으니 독립이 그만큼 더뎠는지도 모르겠다. 부모가 자식을 바라보는 눈길은 아이들이 세계를 보는 창이 아닐까. 지난날, 딸에게 엄격한 잣대를 내세운 자신을 되돌아본다.

어느 순간, 연을 날리던 딸이 얼레를 다 풀더니 연줄을 끊는다. 바람을 타고 올라간 방패연은 잠깐 아래를 휘 둘러보더니 자유롭게 높이 오른다. 창공에 둥실 창 하나가 떠오른다.

별 내리는 마을의 모노로그

비안개 피어오르는 산허리가 아슴아슴하다. 추녀 끝 낙숫물이 '톡톡' 동심원을 그린다. 무대에는 알토 색소폰 연주자와 기타리스트가 낮은 가락을 풀어낸다. 지긋한 연배의 두 연주자는 색다른 분위기다. 손님이라곤 우리 넷뿐, 창가에 앉아 신청곡을 넣는다. 격조 있는 연주는 비 오는 풍경과 잘 어울린다.

고즈넉한 산사 일몰이 볼 만하다 하여 학년 말 종업식을 마치고 나선 걸음이었다. 저녁노을 풍경에 닿으려고 서둘렀다. 인근에서 뜬금없이 소나기를 만나 반대 방향으로 급선회했다. 때마침 첫 부임지를 지나게 되었다. 타임머신을 타고 훌쩍 20년 전으로 거슬러 갔다. 아궁이 딸린 허름한 관사 자취방과 탱자 울타리 틈바구니로 출퇴근하던 일이 손에 잡힐 듯했다.

몇 구비 산모롱이를 돌자 특이한 모양의 황토집이 나타났다. 카페 '별 내리는 마을'이라는 간판이 우리를 맞았다. 밤엔 정말 별이 쏟아질 것 같았다. 황토벽과 흙바닥 실내가 고향 집에 든 듯 친근했다. 올이 풀린 스웨터에 덥수룩한 머리카락을 아무렇게나 쓸어 넘기는 주인은 눈빛이 형형했다.

빗방울이 안개꽃처럼 피어났다 스러지는 유리창을 보며 무추룸히 비를 읽었다. 칵테일 '블랙 러시안'을 기울이며 쌉싸름한 보드카와 어우러진 커피 향을 음미했다. 이른 봄의 능선에 피어오르는 포스름한 비안개가 몽환적이었다. 문득 해거름 취기를 데리고 어디론가 흘러가고 싶었다.

돌아올 때 별지기에게 직접 레코딩한 시디를 선물로 받았다. 뒷면에 홈페이지와 메일주소가 있었다. 접속해보니 뮤지션이었다. 여러 장르의 아티스트들과 많은 교류를 하고 짬짬이 음악 작업도 하는 것 같았다. 고개 너머 초임지 풍경과 우연히 들른 별 내리는 마을 소회며, 따뜻한 환대에 대한 감사 메일을 보냈다. 얼마 후 우리를 초대해 작은 음악회를 열어주었다. 꽁지머리의 기타리스트는 온라인상에서 꽤 알려진 언더그라운드 가수였다. 연분홍 습자지 같은 산 벚꽃이 연둣빛 산자락에 스며들 무렵이었다.

봄이 이울어갈 때쯤, 천장이 나지막한 집에서 그와 마주 앉았다. 햇빛 부서지는 한적한 바닷가, 끊임없이 제 흔적을 남겼다가 지우곤 하는 파도를 보며 모래톱을 걸었다. 그는 서울의 일을 접고 산골에서 새로운 삶을 시작한 지 삼 년 되었단다. 자신이 손수 만든 팬플룻 모형의 야외무대에서 음악회를 열고 틈틈이 대학에서 음악 감독을 맡는다고 했다.

'당신이 보낸 메일을 읽으면 꼭 내가 쓴 것 같아 몇 번이고 읽게 됩니다.'

나 역시 그랬다. 어쩌면 우린 서로의 아니마와 아니무스였는지도 모르겠다. 음악적 소양이 부족한 나는 다양한 장르의 음악 해설집을 읽고 들으며 견문을 넓히려고 했다.

저물녘 강둑에 앉아 윤슬 반짝이는 강을 함께 내려다보고 싶었다. 목동의 어깨에 기대어 별 이야기를 들으며 잠이 드는 스테파네트를 꿈꾸기도 했다. 아가씨를 향한 목동의 사랑은 삶의 여정에서 한 번쯤 만나게 되는 반짝이는 별이었을 것이다. 하지만 우린 '거기까지 너였다. 여기까지 나였다.'•

각자의 정해진 길을 벗어날 수 없는 상황에서 무슨 일이 일어날 수 있을까. 주유소 희미한 불빛을 뒤로한 채 걷던 쓸쓸한 뒷모습, 말할 수 있는 것과 말할 수 없는 것 사이에서 흔들리던 그의 눈빛은 아련했다. 내 안에서 일었던 무수한 갈등의 파편들을 지그시 누르는 것 외에 달리 무엇을 할 수 있을까.

• 김해자의 '합일' 중

십일 년 후 늦여름, 그는 슈베르트의 〈아르페지오네 소나타 A단조〉를 보내왔다. 그 곡을 작곡할 당시 슈베르트는 백작의 초청으로 헝가리에 있었다. 여러 가지 일로 곤경에 처해있을 때였는데 백작의 딸 카롤리네Caroline와의 이루어질 수 없는 사랑으로 실연의 아픔까지 겪고 있었다. '슬픔에 의해 만들어진 작품만이 사람들을 가장 즐겁게 할 수 있다. 슬픔은 정신을 강하게 한다.' 친구 레오폴트에게 보낸 편지 말미의 글이다. 아르페지오네 소나타 선율은 까만 비로드 같은 밤하늘에 은하수가 흐르는 듯했다. 눈물처럼.

첫눈을 맞으며 / 세상의 나이를 잊으며 / 저벅저벅 당신에게 걸어가 / 기다림의 사립문을 밀고 싶습니다. / (…) / 부당하게 잊혀졌던 세월에 관해 / 그 세월의 안타까운 두께에 관해 / 당신의 속상한 침묵에 관해 / 이제 무엇이든 너그러운 대답을 듣고 싶습니다.(…) 이따금씩 나도 모르게 별지기에게 마음 기울 때면 박세현의 '겨울 편지'를 읊조린다.

추억이란 시간의 저편이 아닌 하나의 장소인지도, 강가에 퇴적된 결 고운 모래톱 같은 것인지도 모르겠다. '별 내리는 마을'은 연둣빛 산자락에 맺힌 아릿하고 달보드레한 목화였다.

떠나간 사람의 모습은 시간이 흘러도 풍화되지 않는다. 새벽 하늘에 걸린 그믐달로, 푸르게 반짝이는 별로 가슴에 남아있다.

심 지

겨우내 꼿꼿했던 땅이 묵언을 푼다. 부풀기 시작하더니 물기 머금은 흙이 몽글몽글 피어난다. 물이 보낸 꽃처럼. 따지기*에 흙을 밀고 올라오는 무늬둥글레 촉이 심지 같다. 호미질을 멈추고 옹골찬 싹을 찬찬히 들여다본다.

등잔이나 남포등, 초 등에 불을 붙이기 위하여 실이나 헝겊을 꼬아서 만든 심지는 스스로를 태워 어둠을 밝힌다. 겨울밤, 등잔 밑에서 손목 때리기나 라면 내기 민화투놀이를 자주 했다. 손가락으로 개, 여우, 나비, 주전자 등의 그림자 만들기는 또 다른 재미였다. 그을음이 많아지면 이따금 심지를 밀어 올리거나 아래로 내려 불꽃을 알맞게 맞추었다. '福' 자가 새겨진

---

*따지기 : 이른 봄, 얼었던 흙이 풀리려고 할 즈음

사기 호롱불은 큰기침만 해도 꺼지거나 쉬이 달아 심지를 자주
갈아야 했다.

　치열한 경쟁을 뚫고 주위의 부러움 속에서 일 년간 안식년
을 끝내고 복귀한 것은 오십 대 중반이었다. 새로 전입한 사람
들이며 바뀐 업무 처리 등 생소한 것이 많았다. 일상이었던 공
문서 문구 한 줄에 삼십 분이나 끙끙대며 진땀을 흘렸다. 동 학
년이라곤 하나뿐인 또래의 선생은 새치름해서 다가갈 수 없었
다. 뒤에서 수군거리는 소리가 들리는 듯했고 그럴수록 온몸이
조여들었다. 낯선 환경에 적응하지 못한 채 심지 닳은 호롱불
처럼 사위어갔다.
　학부모 대상 수업공개는 아이들 모두에게 발표기회를 주고
칭찬해주면 될 일이었다. 마치 수업 경연대회를 앞둔 것처럼
몇 날 며칠 코칭을 받았다. 당일, 난생처음 청심환을 먹었는데
도 교실 뒤쪽 학부모들이 거대한 벽처럼 보였다. 갈팡질팡 수
업을 마치고 나니 온몸에 식은땀이 흘렀다. 묘명명昏冥冥*, 어둡
고 어두울 정도로 어두운 시간이었다. 연기처럼 잡히지 않는
아득한 순간들이 더디게 흘러갔다.
　깍두기를 먹다 보면 흑갈색 줄무늬가 뻣뻣하게 갈라진 것

---

*김시습 '밤이 얼마나 지났는가'에서

이 있다. 무의 생채기 같은 것이다. 내 몸에도 기억 저편에 간직되었던 그런 것이 돋아나기 시작했다. 소소리바람과 느티나무 새순과 하얀 이팝꽃이 지나갔다. 심연에 작은 계집아이 하나가 울고 있었다. 난데없는 불안감으로 몸과 마음이 허공을 떠돌았다.

불면으로 뒤척이는 날들이 쌓여갔다. 어쩌다 눈을 붙여도 새벽 두 시경이면 가위눌려 깨어나기 일쑤였다. 출근할 생각에 가슴이 덜컥 내려앉았다. 남편은 우울증에 관한 책을 섭렵하며 도움 될 얘기를 해주었다. 그가 차려준 아침상엔 굵은 채의 무나물 볶음이 전부였다. 다른 음식은 넘길 수 없었기 때문이다. 물에 밥을 말아 억지로 넘기고 나면 서러움으로 되올라왔다. 몸이 보낸 눈물은 터널같이 캄캄했고 끝이 보이지 않았다. 병가를 내고 싶었지만 여의치 않았다. 동료들과 학부모와 아이들 모두가 두려웠다. 가물거리던 내 심지는 영영 사그라질 것 같았다.

딸 셋에 아들 하나를 둔 엄마는 남동생이 삶의 전부인 듯했다. 눈앞의 맛있는 음식은 남동생이 오기 전엔 입에 댈 수 없었다. 자주 횟배를 앓았지만 약은 엄두도 낼 수 없었다. 동생이 먹다 남은 보약 찌꺼기를 몰래 맛보는 내가 개미처럼 작아 보였다. 어른이 되어서도 자신에게 당당하지 못한 것은 그래서였을 것이다. 심지가 자주 흔들린 것은 성장기의 사랑 결핍이라는 것을 늦깎이 상담학을 공부하면서 알았다.

티 라이트tea light는 입체적 동심원을 그리며 타들어 간다. 촛농이 녹아 물이 되기까지 두 시간이나 걸린다. 섬처럼 떠 있는 손톱만 한 심지에 불을 붙이면 이내 꺼져버린다. 녹여낼 양초가 없기 때문이다. 하지만 촛물이 다시 굳어지길 기다렸다가 불을 붙이면 가물가물 되살아나 두 시간이나 더 지속한다. 은은하면서도 힘이 세다.

우울과 불안은 삶의 과정일 뿐, 병은 아니었다. 어둠을 지나며 내가 배운 것은 내 안에는 많은 빛이 숨어있다는 것, 지금의 나약한 나는 그 빛의 극히 일부만을 보여주고 있다는 것이었다. 정서적 지지가 필요한 내 반 아이들을 보듬으며 나를 조금씩 일으켜 세웠다. 도움을 주었다고 생각했는데 아이들이 오히려 나의 치료사였다. 자신을 옥죄던 늪에서 조금씩 빠져나오기 시작했다.

혜능의 육조단경에선 심지心地는 원래부터 평온을 스스로 누려 분별이 없다고 한다. 옳고 그름, 선과 악, 너와 나를 모르는 깨끗한 마음을 이른다. 마음이 흐리면 심지는 약해지고 마음이 맑으면 단단해지는 것이 아닐까. 심지라는 현상은 변하지 않는 것인데 그것을 바라보는 상태가 의미를 좌우한 건지도 모르겠다. 애당초 자신을 어둠 속에 가둔 내가 어리석었는지도 모르겠다.

여린 제비꽃의 꼿꼿한 줄기도, 허리 펴고 자란 당아욱 대궁도, 울타리를 붙들고 넘던 나팔꽃도 홀로 선다. 제 안에 단단한 심지를 가지고서. 잎을 내고 꽃을 피우는 것, 제 자리를 잡을 때까지 바라볼 뿐이다.

겨울을 견디고 세상 밖으로 나온 무늬둥글레 새 촉은 안간힘을 썼는지 온통 발그레하다. 곧 줄기 내밀고 꽃대 세울 것이다. 오월이면 초롱 같은 꽃을 매달아 주위를 밝히리라. 깊은 어둠을 겪지 않으면 혼돈에서 벗어날 수 없다. 심지心地는 심지心志다. 세상에서 가장 단단한 심지는 내 안에 있다.

..

비 보 호 좌 회 전

비보호 좌회전 차선에서 멈춘다. 적색 신호인데도 뒤에서 다급하게 경적을 울린다. 반대편 차선에 차량통행이 없으니 좌회전을 하라는 재촉인 것 같다. 하지만 그건 신호위반이다.

교통량이 적은 교차로에서 직진 신호일 때 좌회전이 허용되는 것을 비보호 좌회전이라 한다. 말 그대로 주행 시 보호받지 못하며 사고 났을 땐 책임도 크다. 시간 단축과 교통 적체를 해소할 수 있다는 이점이 있지만 마주 오는 차량과 종종 충돌이 일어난다.

단편 영화 〈비보호 좌회전〉의 주인공은 퀵서비스 배달원이다. 속도를 생명으로 하기 때문에 위험천만한 상황이 빈번하게 발생한다. 어느 날, 배달 도중 좌회전하면서 직진 차량과 부딪혀 접촉사고를 낸다. 신호위반으로 과중한 합의금을 내고 망가진 오토바이로 서류 배달을 간다. 도중에 시동이 꺼지자 뛰어서 한강 다리를 건넌다. 어쩔 수 없이 신호위반을 하고, 벌금을 내고, 수리를 반복하지만 또다시 비보호 좌회전을 할 수밖에 없는 현실이다.

외향적인 아들은 유머 감각과 붙임성이 좋아 친구가 많았다. 대학 졸업 후 서울의 중소업체 6개월 인턴은 취업 노둣돌이 되는가 싶었는데 아니었다. 끊임없이 원서를 냈고 계속 낙방했다. 남편은 싹싹함이 영업과 잘 맞을 것 같다며 진로를 바꿔보라고 했지만 생각보다 벽이 높았다.

실패 끝에 규모가 제법 큰 제약회사 영업직에 입사했다. 1년간은 성과를 내며 정주행으로 달렸다. 하지만 실적을 앞세우는 선임과 경쟁 대상인 동료들 속에서 살얼음판을 걷는 듯했다. 일터가 아닌 전장 같은 곳에서 마음은 황폐해지고 잦은 술자리로 건강에 적신호가 켜졌다. 생각과는 다르게 사람들과의 관계 속에서 스트레스를 많이 받게 되자 미련 없이 나왔다.

다시 취업난에 부딪혔다. 자기소개서와 필기시험에 합격하고도 마지막 관문에서 번번이 밀렸다. 확신했던 곳에서 떨어졌을 땐 낙심이 컸다. 수시로 차선을 변경했고 때론 신호를 무시했다. 그때마다 좌불안석이었다. 선배 도움으로 공기업 인턴으로 들어갔지만 짧은 기간제였다.

아들이 즐겨 했던 '월드 오브 워 크래프트'라는 게임에 '시간은 금'이라는 말이 있다. 역설적이게도 자신은 게임에 빠져 밤을 지새우며 많은 날들을 허비했다. 수능 전날에도 꿀잠을 잘 정도로 느긋했던 아들은 밤잠을 제대로 이루지 못했다. 나이는 들어가는데 현실의 장벽을 넘지 못해 발을 굴렀다. 하나 둘 결혼하는 친구들을 보면서 가슴을 죄었다. 앞날은 한 치 앞이 보이지 않는 안개 속이었다.

삶의 여러 신호 앞에서 아들은 판단 미숙으로 중요한 것을 놓칠 때가 많았다. 빨간불이 들어오기 전, 노란불로 주의를 주었을 텐데 멈추어 서서 살피지 않고 지나쳤다. 예기치 못한 비보호 좌회전에선 호기롭게 가속페달을 밟아 낭패를 볼 때도 있었다. 삶은 단거리가 아니라 장거리다. 멀리 내다보며 자신의 속도를 조절해야 할 텐데 그러질 못했다.

좌회전 후 바로 횡단보도가 있는 경우가 많다. 사고를 방지하기 위해선 주위를 살피고 잘 판단해야 한다. 언젠가 녹색불만 보고 핸들을 꺾는 바람에 인명 사고를 낼 뻔했을 때는 머리끝이 쭈뼛했다. 요란한 경고음을 내며 중앙선을 넘어 역주행하는 차를 보며 간담이 서늘할 때도 있었다.

아들은 어느 공기업에서 3개월간 인턴 제의를 받았다. 근소한 차이로 탈락한 몇몇에게 보낸 것이었다. 마지막이라는 각오로 성실하게 근무했다. 기출 문제와 모의시험을 풀며 불안을 눌렀지만 취업은 한 발 다가가면 두 걸음 물러났다.

우리는 목표를 향해 달리는 도로 위의 삶을 살아가는지도 모른다. 본의 아니게, 혹은 의지로 위험을 무릅쓴 비보호 좌회전과 여러 신호체계를 거쳐 목적지에 닿는다. 대부분 순탄한 직진을 원하겠지만 잘못 들었다고 생각했던 길이 오히려 지름길이 될 때도 있다. 엉뚱한 길에 들어섰다면 돌아가고, 길이 아니라면 방향을 바꾸면 될 것이다. 방황한다고 해서 모두 다 길을 잃는 것은 아니다. 실패는 한숨 돌리고 나아갈 기회일지도 모른다. 그게 두려워 페달에 발조차 올리지 않는다면 출발은 엄두도 못 낼 것이다.

공교롭게도 두 기업체의 최종 면접이 같은 날이었다. 두 곳다 보기엔 이동 시간이 빠듯했다. 어느 쪽을 선택하든 위험 부담이 큰 비보호 좌회전이었다. 고뇌 끝에 최근에 인턴을 했던 곳으로 핸들을 돌렸고 합격 통보를 받았다. 가지 않은 길에 대한 미련도 있었지만 꼼꼼하게 여러 상황을 짚어보고 내린 결정이었다.

삶은 매 순간의 선택이다. 운전이 그렇듯. 비보호 좌회전은 선택에 대한 책임이 따르기 때문에 위험할 수 있다. 안전한 삶도 중요하겠지만 그것만이 능사는 아니다. 니체는 '위험하게 살라'고 했다. 안전만 추구하다 보면 권태에 빠지기 쉽다. 스스로 선택한 비보호의 삶은 그래서 더 역동적이지 않을까.

앞으로도 아들은 삶의 여러 신호와 비보호 좌회전에 맞닥뜨릴 것이다. 그럴 때마다 침착하게 주변을 살피며 자신의 길을 갔으면 좋겠다. 사고는 무심코 지나치는 노란 경고등에서 일어나기 마련이다.

잠시 후 직진 신호로 바뀐다. 줄 지어오던 차들이 지나간 맞은편 도로는 잠잠하다. 왼쪽으로 핸들을 돌리며 콧노래를 부른다. 백미러에 파란 하늘과 뭉게구름이 두둥실 걸린다.

맷돌 호박

맷돌 호박이 풀섶에 앉아 있다. 우둘투둘한 황금색 표면이 언뜻 보기에도 단단하고 옹골차다. 홈이 팬 곳엔 서리 내린 것처럼 분가루가 앉았다. 지난한 삶의 이력이 만만찮은 것 같아 동질감이 든다.

지난해 호박을 수확했던 자리에 싹이 올라오더니 사방팔방 다부지게 줄기를 냈다. 용수철 같은 호박 손은 금방이라도 내 손끝을 잡고 어디든지 뻗어갈 기세였다. 키 큰 명아주와 무성한 바랭이 속에도 아랑곳하지 않고 넌출*은 꿋꿋하게 제 영역을 넓히더니 꽃을 피우고 열매를 맺었다.

---

*넌출 : 길게 뻗어 나가 늘어진 식물의 줄기 등을 이르는 말

맷돌 호박이란 늙어서 겉이 굳고 씨가 잘 여문 것으로 청둥 호박이라고도 한다. 골이 깊으면서 짙은 황색 빛이 나는 것일수록 품질이 좋다. 가을볕에 오가리로 말려 저장하기도 하고, 호박고지찰시루떡이나 범벅을 만들어 산모의 부기를 빼는 데 쓰이기도 한다. 꼭지가 나무껍질처럼 단단해지면 우려내 차로 마시기도 하니 사계절 먹을거리를 주는 셈이다.

빗살무늬 같은 주름을 만져본다. 골짜기처럼 패인 그 안엔 한여름의 뙤약볕과 태풍이 고스란히 스며들어 있을 것이다. 주름은 내면을 버텨주는 힘줄이라 했다. 숱한 고난들을 제 안에 삭이며 여기까지 당도한 호박이 대견스럽다. 마른 꼭지가 한사코 붙잡고 있는 펑퍼짐한 호박을 겨우 떼 낸다.

한 아름 맷돌 호박을 다섯 덩이나 거두었다. 애써 돌보지도 않았는데 웬 횡재인가 싶었다. 이걸로 무엇을 할까 행복한 고민에 빠졌다. 당분간 거실 볕 바른 곳에 놓아두고 쉼을 주고 싶었다. 고단한 한살이에 저도 힘들었을 테니.

일 년간 안식년을 끝내고 복귀했다. 일상이었던 일들이 낯설어 진땀을 흘리며 쩔쩔맸다. 하고 싶지 않은 업무를 해야 한다는 중압감이 어깨를 짓눌렀다. 세상에 홀로 남아 빙하를 헤매는 기분이었다. 두려움은 또 다른 두려움을 데리고 왔다. 자욱한 안개 속에서 하루가 지나면 더 힘든 내일이 기다리고 있었다. 달걀 흰자위처럼 투명하게 엉켜있는 시간의 점액질은 이도 저도 못하는 상황에서 더디게 흘러갔다.

꼭지 가장자리가 무릇해진 호박을 반으로 갈라 속을 훑어낸다. 어두운 안쪽에 붉은 털실 타래처럼 엉킨 것이 뽀얗게 여문 씨앗을 그러쥐고 있다. 물큰한 손끝에 딸려 나온 실낱같은 잔뿌리와 통통한 줄기가 영락없는 콩나물 모양이다. 동굴처럼 컴컴한 곳에서 씨앗들은 어떻게 이처럼 싹을 틔우고 무성해졌을까? 호박 속 발아는 어떤 내·외부적 환경에 의한 것으로, 콩나물처럼 되는 것은 드문 일이라고 한다.

호박은 꽃이 떨어질 때 배꼽이 땅에 닿아 있다가 수확기에는 대개 바깥쪽으로 돌아눕는다. 생명을 잇기 위한 지혜라 볼 수 있다. 그렇지 못한 것은 똬리를 받쳐주면 장마에 잘 견딘다. 미국 위스콘신 주에서는 호박씨가 가득 담긴 800년 전 토기가 발견되었는데 멸종되었던 호박을 부활시키는 데 성공했다고 한다. 수백 년의 시간을 건너온 강하고 끈질긴 생명력이다.

어려운 관문을 뚫고 맡은 새로운 직책의 기쁨도 잠시, 해낼 수 있을까 하는 의구심에 좌불안석했다. 불안이 속을 가득 채우고 있어서인지 먹지 않아도 배고프지 않았다. 동료들은 저만치 나아갔는데 나만 뒷걸음치고 있었다. 그들이 견고하게 자기 성을 쌓을 동안 나는 무엇을 했던가? 후회는 어둠 속에 나를 유폐시켰다. 오랜 시간 완성한 스웨터의 실을 풀어 다시 털실

뭉치로 되돌리는 것 같았다. 내 속의 또 다른 '나'는 허방을 둥둥 떠다니고 있었다.

물방울무늬가 가득한 호박 작품으로 유명한 일본의 설치미술가 쿠사마 야요이는 어릴 적 불우한 환경으로 정신질환을 겪었다. 어느 날, 할아버지를 따라 나간 밭에서 우연히 호박을 발견하곤, 둥글둥글한 생김새와 따뜻한 느낌에 마음의 평화를 느꼈다. 치료제 같은 호박죽을 먹으면서 서서히 몸을 회복한 그녀는 호박 찬미를 주제로 한 뛰어난 작품을 창조했다.

고모는 늦여름이면 서 말 솥 가득 범벅을 끓였다. 호박을 가득 안치고 푸나무 땔감에 불을 지폈다. 밀가루 수제비가 눋지 않도록 긴 나무주걱을 휘휘 저으면서 매운 연기에 눈가를 훔쳐내었다. 들일 마치고 돌아온 식구들에겐 저녁상으로 내고, 이웃들에게도 골고루 나누어 주었다. 갓 스물을 넘긴 고모는 할머니 성화에 원치 않는 시집을 갔으나 파경을 맞았다. 지혜와 억척스러움으로 갖은 고난을 딛고 일어선 고모는 어쩌면 자신의 고단한 삶을 호박 범벅을 통해 위로받았는지도 모르겠다.

속을 꽉 채워 나물볶음으로 입맛을 돋우던 애호박은 늙어서야 속을 비워 단맛을 쟁인 것일까. 한 달간 숙성시킨 호박의 딱딱한 꼭지를 조심스럽게 도려내고 주름을 따라 자른 후 껍질을 벗겨낸다. 마른 강낭콩과 동부콩을 함께 넣어 푹 삶아 으깬 후, 찹쌀가루를 올려 뜸을 들이며 긴 주걱으로 젓는다. 콩과 호박이 어우러져 푹 익은 냄새가 주방 가득 퍼진다.

《와일드》의 저자 셰릴은 20대에 갑자기 인생의 모든 것을 송두리째 잃고 퍼시픽 크레스트 트레일(PCT)에 도전한다. PCT는 멕시코 국경에서 캐나다 국경을 잇는 약 4300킬로미터의 하이킹 코스이다. 눈 덮인 고산 지대, 산맥과 사막, 광활한 평원과 화산지대까지 거쳐야 완주할 수 있다. 반년 정도 걸리는 극한의 여정으로 '악마의 코스'라 불리기도 한다. 여행 이후 그녀는 '모든 고통이 없어진 것은 아니다. 다만 받아들일 수 있게 됐다'고 했다.

알 수 없는 불안이 엄습할 때마다 집 뒤, 한적한 숲길을 맨발로 걸었다. 땅속 기운들이 내 몸으로 흘러들어와 기분이 맑아졌다. 흙 기운을 느끼며 한 발씩 앞으로 나아가면 남과 비교하며 옥죄던 모습이 비로소 보였다. 잠시 멈춰 천천히 두 팔을 둘러 아름드리 소나무를 껴안기도 하고, 쪼그려 앉아 풀꽃들을 바라보았다. 허방에 떠다니던 몸이 비로소 제 자리로 돌아오는 듯했다.

삶은 선택의 연속이다. 살아본 후 수정하지 못하며 미리 살아볼 수도 없다. 후회해도 지나간 시간은 되돌릴 수 없다. 언젠가는 닫힐 폐쇄회로지만 그 속에서도 맷돌 호박의 콩나물 같은 발아의 희망은 있을 것이다. 위스콘신의 호박은 수백 년을 기다려서 싹을 밀어 올리지 않았던가.

간이 알맞게 밴 범벅을 한 숟가락 떠서 음미한다. 입속에 그
윽한 향기가 퍼진다. 올겨울은 예년에 비해 유난히 춥다는 예
보다. 힘들고 지칠 때마다 범벅을 먹으며 세찬 추위를 견뎌내
야겠다. 느슨해진 일상의 끈도 다시 바짝 조이면서. 그 옛날 고
모가 그랬던 것처럼.

..

맹 그 로 브   숲 을   읽 다

빛이 닿는 자리마다 초록이 피어난다. 숲과 바다와 구름이
액자에 담긴 듯 고요하다. 정오의 팡아만(灣)은 울트라마린블루
이다. 수면 위로 하얗게 빛이 끓어오른다. 수만 마리 나비가 날
개를 파닥이는 것 같다.

맹그로브 나무는 소금기 가득한 해안 부근의 습지에서 자
란다. 진흙이나 바닷물 바깥쪽으로 뿌리를 뻗어 부족한 산소를
흡수한다. 툭툭 불거진 수십 개의 근육질 뿌리는 척박한 환경
을 이겨내면서 자연 방파제 몫을 톡톡히 해낸다. 바다 위에 떠
있는 숲이 천천히 내 안으로 들어온다.

젊은 날 아버지는 한 그루 맹그로브 나무였다. 가난한 집안
의 맏이로서 거친 삶을 헤쳐 나가야 했다. 기울어져 가는 가세

에도 할아버지는 맏이인 아버지를 대도시 공업중학교로 보냈다. 천성이 순한 당신은 불량배들의 꼬임에 빠졌고 그것은 평생 아버지의 발목을 잡았다. 제대로 된 직장을 구할 수 없어 오랫동안 향촌을 벗어나지 못했다.

엄마가 행상으로 며칠씩 집을 비울 때면 아버지는 만취해서 늦게 귀가할 때가 많았다. 어린 남동생과 나는 허기를 달래려 구운 꽁치 반 토막씩을 들고 당신 마중을 나갔다. 한 입씩 베어 먹으며 찬바람 부는 길모퉁이에서 하염없이 당신을 기다리면 어둠 저쪽에서 낯익은 헛기침 소리가 들려왔다. 알음으로 어렵사리 구한 첫 직장인 사방사업소 임시직에 있을 때였다.

맹그로브는 열매가 달린 채로 뿌리와 잎이 나는 태생종자다. 어느 정도 자라 낙과한 열매는 해류를 타고 펄에 닿아 바다 속 십여 미터까지 뿌리를 내린다. 해수海水와 펄밭에서 살아남기 위한 치열한 생존본능이라 할 수 있다. 그래서일까. 바깥으로 둥글게 휘어진 수많은 뿌리는 팔을 벌려 나무를 감싸 안은 것처럼 보인다.

임시직에서 또다시 밀려난 아버지는 좁은 마당 한쪽 구석에 장갑공장을 차렸다. 봉제공 언니 둘과 늦은 밤까지 기계를 돌렸다. 대못 박힌 나무판에 장갑을 꽂아 당기는 다림질을 마치면 자전거 짐칸에 높다랗게 쌓아 배달을 나갔다. 소규모 가내수공업은 늘 적자에 시달렸고 월급을 제때 주지 못할 때가 많았다. 도시 가장자리에서 소읍으로 밀려났지만 기계를 멈출 수는 없었다. 수북하게 쌓인 재고품 여기저기에 가난이 실밥처럼 삐죽삐죽 삐져나왔다.

친정에 들리면 아버지는 자주 사진첩을 꺼냈다. 귀퉁이가 떨어져 나간 흑백추억들이 시간의 갈피에 여기저기 끼워져 있었다. 헐렁한 꽃무늬 치마를 입은 야윈 엄마 곁에서 나와 남동생이 어정쩡하게 어깨동무한 사진에 눈길이 머물렀다. 초등학교 삼학년, 늦여름의 먼지 풀풀 날리는 신작로 갓길 풍경이 선명하게 떠오른다. 사내끼*를 든 아버지와 봇도랑**으로 미꾸라지를 잡으러 갔다가 찍은 것이었다. 모처럼 단란한 가족들의 한때를 당신은 오래 간직하고 싶었을 것이다.

〈맹그로브 숲의 아이들〉이라는 영화는 중미 엘살바도르의 맹그로브 숲에서 조개를 캐며 살아가는 어린 남매 이야기다. 부모의 보살핌을 받지 못하는 아이들의 가난한 삶을 그린 것이지만, 숲은 사람과 자연이 공존하는 생존터전이라는 메시지를 담고 있다. 우산살처럼 둥글게 펼쳐진 맹그로브 나무뿌리는 물고기들의 안전한 산란지인 동시에, 이끼나 굴 등을 감싸 다양

---

* 사내끼 : 물고기를 잡을 때 물에 뜬 고기를 건져내는 기구. 긴 자루 끝에 철사나 끈으로 망처럼 얽었다.
** 봇도랑 : 봇물을 대거나 빼게 만든 도랑

한 생물의 서식처가 된다.

온갖 일자리를 거쳐 아버지가 정착한 곳은 고향의 냇가 자갈밭이었다. 어깨너머로 익혔던 사방기술로 나무농원을 시작했다. 새벽이면 대문을 나서 저녁이 이슥해서야 돌아왔다. 자갈을 골라내고 물길을 트며 다랑이 밭을 일구었다. 비 오는 날 외엔 쉬는 날이 없을 정도로 일한 덕분에 조금씩 옥토로 바뀌어 갔다. 수년이 지난 후 갖가지 나무들로 무성한 농원이 되었을 땐 궁핍한 살림살이도 조금 나아졌다.

구순을 바라보는 아버지는 얼마 전 넘어져 갈비뼈에 금이 갔다. 처음엔 돌아눕는 것조차 힘들었지만 보조기구에 의지해 조금씩 걷게 되었다. 나무뿌리 같이 든든했던 다리는 몇 달 사이 많이 가늘어졌다. 몇 발자국 걸음도 넘어질 듯 위태롭다. 오래전 경운기에 잘려나가 닳은 손가락 세 개는 더 뭉툭해 보인다. 맹그로브 나무처럼 척박한 곳에 뿌리를 내리고, 끈질기게 이어온 삶이 그 손끝에 고스란히 녹아 있다.

꽝아만을 돌아 나온 유람선이 하얀 꼬리를 끌고 다시 숲을 지난다. 초록의 우듬지들이 햇볕을 받아 황금색으로 반짝인다. 무수하게 뻗은 뿌리들이 아버지의 힘줄 센 팔 같다. 어디선가 들려오는 너털웃음이 맹그로브 숲을 잠시, 흔든다.

..

와 디

뿌리를 드러낸 나무들이 여기저기 쓰러져 있다. 계곡물엔 부러진 나뭇가지들이 쉴 새 없이 떠내려온다. 산기슭에서 쓸려 내려온 토사가 걸음을 막는다. 폭우가 휩쓸고 간 상흔이 와디 같다.

와디는 사막에 있으며 건곡이라고도 한다. 평소엔 물이 흐르지 않아 바짝 메말라 있지만 큰비가 내리면 계곡은 홍수로 범람한다. 언젠가 텔레비전에서 사막의 골짜기를 휩쓸고 가는 거대한 황톳빛 물길을 보았다. 간단없이 쏟아지는 비와 노도 같은 물줄기는 큰 두려움이었다. 거센 물길이 지나간 곳은 마치 전쟁터처럼 황폐했다.

엄마의 행상을 밑천으로 아버지는 도시 한 귀퉁이에 영세

한 가내수공업을 냈다. 대낮에도 어둑어둑한 좁은 창고에선 장 갑 짜는 기계 소리가 끊임없이 새어나왔다. 봉제공 언니들과 비좁은 방을 같이 쓰며 일손을 도왔지만 부모님은 늘 빚 독촉 에 시달렸다. 우린 변두리에서 더 변두리로 밀려났고 엄마는 다시 보따리를 이고 나갔다. 계절이 바뀔 때면 지치고 여윈 모 습으로 돌아와 며칠을 앓아누웠다. 집은 건기의 골짜기처럼 퍼 석거려 만지면 부서져 내릴 것처럼 위태로웠다.

고등학교에 진학해서도 사정은 나아지지 않았다. 행상 나 간 엄마를 대신해 아침밥을 지어야 했고 동생들 뒷바라지는 고 스란히 내 몫이었다. 수업료를 제때 내지 못해 자주 선생님께 불려 다녔다. 학업과 집안일로 고단했던 나의 십대는 부러진 나뭇가지처럼 허방을 떠다녔다. 엄마가 지어주는 따뜻한 아침 밥을 먹고 학교에 다니는 애들이 그렇게 부러울 수 없었다. 삶 이 돌차기 놀이가 될 수 있다면 훌쩍 뛰어넘고 싶던 시기였다.

우여곡절 끝에 대학을 나오고 서둘러 결혼했다. 주위의 부 러움을 샀던 결혼이었다. 손꼽히는 기업에 다니던 남편과 맞벌 이로 힘을 합하면 금세 자리를 잡을 것 같았다. 그러나 상명하 복의 조직 생활을 싫어하던 그는 갓 마흔에 한 마디 상의도 없 이 회사를 그만두었다. 창업박람회에 발품을 팔더니 덜컥 가공 식품 대리점을 계약했다. 애초에 유명 개그맨의 이름만 빌린 부실한 프랜차이즈였다. 경험 없던 그는 꼼짝 못하고 주저앉고 말았다. 얼마 안 가 점포를 정리하고 비품을 헐값에 넘겼다. 희망은 신기루처럼 사라졌다. 그는 실의에 빠졌고 집안은 아득한 심연으로 빠져들었다.

직장과 가사 그리고 세 아이 바라지는 압박의 고삐를 더욱 죄었다. 아이들이 조금만 거슬려도 짜증 내는 일이 잦아졌다. 큰아이는 친구들과 어울리질 못하고 혼자만의 세계에 침잠했다. 둘째는 매사에 신경질적이며 반항을 했다. 하교 후면 잠에 빠지기 일쑤였고 깨어나면 바깥으로만 나돌았다. 자신을 보듬어달라는 딸들의 몸짓이었을 텐데 다그치며 몰아세우기만 했다. 돌봄 비용을 아끼려고 유치원 일과를 끝낸 막내를 퇴근시각까지 학원으로 전전시켰다. 지쳐 잠든 아이를 보면 마음이 아렸다. 안과 밖에서 수시로 닥쳐오는 범람을 나 혼자서는 감당하기가 어려웠다.

그의 첫 사업실패 때만 해도 나는 대범한 체했다. 인생 공부 비싼 수업료 지불한 셈 치고 잘 견뎌내자며 위로했다. 그러나 손대는 일마다 꼬였고 가계는 휘청거리기 시작했다. 그 틈바구니에서 아이들과 씨름하면서 점차 지쳐갔다. 좀처럼 학교생활에 적응을 못하는 열다섯의 둘째를 이탈리아의 동생네에 보냈다. 끝내 반대하던 남편과의 갈등 속에서 내린 힘든 결단이었다. 사막을 걷는 나날이었다. 가도 가도 길은 보이지 않았다.

어느 날엔 사구를 오르고 있었고 어떤 날엔 건천乾川을 헤매었다. 어디든 끝은 있으리라 막연한 기대를 품으면서.

사막에는 모래만 있는 것이 아니다. 돌무더기나 잡초가 듬성한 황무지 같은 곳도 있다. 대상隊商들은 이글거리는 태양 아래 숨통을 조이는 열기와 밤이면 뼛속까지 파고드는 추위를 견뎌내야 한다. 때론 들쥐들이 우글거리는 동굴에서 밤을 새우고, 바라보기만 해도 현기증 나는 바위 절벽의 고갯길을 넘는다. 그들은 수많은 어려움을 거치면서 사막을 건너 끝내 반대편에 닿는다.

남편은 칩거하며 독서에 파묻히더니 실패한 경험을 바탕으로 책을 쓰기 시작했다. 어려움을 흘려보내고 나면 삶에 대한 성찰이 생기는 것일까. 한 권, 두 권 출간할 때마다 적잖은 호응을 얻었다. 힘을 얻은 그는 계속 신간을 내기에 이르렀다. 건기의 사막에 뭔가 새로운 분위기가 감지되었다.

홍수가 범람한 사막은 황폐해 보이지만 그곳에는 여러 생명체가 살고 있다. 모두 열악한 환경을 회피하지 않고 온몸으로 견디며 살아간다. 이스라엘 네게브 사막의 가시쥐는 단목서초 열매를 즐겨 먹는다고 한다. 과즙과 당분이 풍부하기 때문에 낙타, 야생염소, 조류, 설치류도 자주 찾는다. 가시쥐는 매운 겨자 맛의 씨앗은 먹지 않고 바위틈이나 와디에 뱉어낸다. 발아윸이 높은 그곳에서 단목서초는 다시 생명을 이어간다. 누구든 저마다 삶 속에 와디 하나씩은 가지고 살아가지 않을까. 크든 작든, 그것들을 받아들이고 헤쳐 나가는 것이 삶이리라.

우려했던 것과는 달리 둘째는 현지에서 순조롭게 적응해나갔다. 사회성이 걱정되던 큰 애는 졸업 후 한동안 방황했지만 점차 자신의 길을 찾아갔다. 요즈음 딸들은 타국에서 전공을 살려 일을 하는 한편, 통번역까지 야무지게 해내며 나름대로 최선을 다해 살고 있다.

폭우가 휩쓸고 간 와디는 평온하다. 무서운 기세로 흐르는 물살을 피해 사라졌던 사람들이 하나둘 나타나기 시작한다. 낙타가 배처럼 강물을 헤쳐 나가는 모습도 보인다. 물이 마른 뒤에는 제법 번듯한 도로가 되기도 한다. 이집트와 시나이반도의 와디처럼 아스팔트가 깔려있는 곳도 있고 해안과 가까운 곳에는 오아시스처럼 나무나 풀이 자라는 곳도 있다.

매년 한 권씩 출간하던 남편의 저서가 벌써 열세 권 째이다. 해가 거듭될수록 고정 독자들도 꽤 늘었다. 얼마 전에는 그와 '부부, 소울메이트의 길을 가다'라는 주제로 《결혼 후 10년》을 공저로 출간했다. 친구는 내 슬픔을 등에 지고 가는 사람이라고 했던가. 요즘 우린 삶의 도반으로 물살 거센 세상의 와디를 손잡고 함께 건너간다.

막힌 길을 되돌아 내려온다. 햇살 가득한 숲 위로 옅은 안개가 피어오른다. 지난밤, 한차례 몸살을 앓고 난 산은 이전보다 더 청정하다. 역경과 고난을 이겨낸 것들의 모습은 언제 봐도 뿌듯하고 아름답다.

다 른 세 상 의 달

빈 의자에 햇살 한 줌 비스듬히 기대어 있다. 칠이 벗겨지고 바랜 나뭇결이 세월의 풍상을 말해준다. 해토*머리를 건너온 바람이 다리쉼을 한다. 아버지의 자리에 적막이 쌓여있다.

꽃이 머물다 간 곳엔 자태와 향기가 있고, 빈집엔 오랫동안 살았던 사람의 온기가 남아 있다. 모든 사물은 자신의 흔적을 남긴다. 시간이란 흔적은 오래 지워지지 않아서 그리움이 배어나는지도 모르겠다.

아버지는 맏아들로 온 집안의 기대를 안고 태어났다. 공업 중학교 재학 중 육이오를 맞았다. 또래보다 큰 체구 탓에 길거

---

*해토(解土) : 얼었던 땅이 녹아서 풀림.

리에서 소년병으로 끌려갔으나 연령 미달로 돌아와선 학업을 중단했다. 결혼 후 뒤늦은 대체 군 복무를 마치고 알음으로 겨우 사방사업소에 자리를 얻었지만 평생 임시직을 전전했다. 당신 삶의 레일은 녹슬거나 굽이굽이 돌아가는 구간이 많았다.

삼 년 전, 친정 마당의 40년 된 석류나무를 베어내고 화단을 만들어 드렸다. 여러 가지 화초와 구근을 골고루 묻어 꽃자리를 만들고 탁자 세트도 놓았다. 당신은 의자에 앉아 꽃을 바라보길 좋아했다. 날아드는 멧노랑나비와 직박구리는 적적한 노년에 좋은 친구가 되었다.

아버지는 맏사위와 술 대작을 좋아했으며 매사에 호방했다. 걸음은 불편했지만 운전으로 팔십 리 길 고향 농장에 거뜬히 다녀왔고 매일 인근 공원에 나들이를 다녔다. 늘그막에 일군 고향 자갈밭에 감나무 수십 그루를 심었다. 해마다 11월 첫 토요일 칸에 붉은색 동그라미로 '감 따기 가족 축제'를 표시해놓곤 자식들을 기다렸다.

금붕어 입 모양을 닮았다는 금어초는 봄부터 시작하여 서리가 내릴 때까지 피고 지길 반복한다. 노랑, 자주, 분홍, 흰색의 알록달록한 자태는 된서리 속에서 도드라진다. 12월 중순까지 몇 차례 추위를 견디며 겨울을 이겨낸다. 가늘고 긴 꽃대는 삭풍에도 의연하여 화사한 빛깔로 무채색 주위를 밝혀 친정 꽃밭에서 단연 눈에 띈다. 바깥출입이 자유롭지 않게 되자 아

버지는 볕 잘 드는 당신의 자리에 앉아 금어초 꽃에 오래 눈길
을 주곤 했다.

아리따운 엄마와의 결혼, 뒤늦게 부모로부터 독립하여 차
린 오붓한 살림, 성장해 저마다 자리 잡은 자식들, 당신 땀으로
일군 농장…. 이탈의 위협이 많던 인생 선로에 간간이 그런 곧
은 길이 없었다면 엄마와 65년 해로까지 닿지 못했으리라.

인디언 세계는 이름으로 가득 차 있다. 그들은 존재하는 모
든 것들이 서로 연결되어 있다고 믿으며 어울리는 이름을 붙였
다. 체로키 족은 잿빛 풍경으로 서서히 바뀌는 어둠의 달 12월
을 '다른 세상의 달'이라고 했다. 겨울이 되면 모든 것은 죽거
나, 사라진 것처럼 보이지만 인디언들의 생각은 달랐다. 해와
달은 원을 그리며 떠올랐다가 원래 자리로, 계절도 하나의 고
리에서 순환하여 다시 제자리로 돌아간다고 믿었다.

무엇이든 달게 드시던 당신은 아흔한 번 째 생신상의 음식
을 통 드시지 못했다. 첨엔 틀니가 시원찮아 그런 줄 알았다.
전화기 너머 아버지를 걱정하는 엄마 목소리를 듣고도 노환일
것이라 대수롭잖게 여겼다. 끝내는 밥 한술 넘기기가 어렵게
되었고 식음을 전폐하다시피 했다. 대학 병원 응급실을 거쳐
여러 가지 검사를 받아본 결과 이미 손을 쓸 수 없을 정도였다.

두 달여 만에 낯설 정도로 야윈 몸에 환자복이 겉돌았다. 귀

를 바짝 대어 네댓 번 정도 듣고서야 무슨 말을 하는지 알아들을 수 있었다. 코에 꽂힌 산소 공급 호스가 불편한지 자꾸 잡아빼는 바람에 간호사들이 진땀을 흘렸다. 조직검사 중 출혈 과다로 급박한 상황이 되자 주치의는 마음의 준비를 하라고 했다. 다행히 안정을 찾았고 일반 병실로 옮겼지만 한 치 앞을 예측할 수 없었다.

이틀 정도면 폐에 찬 물을 빼고 퇴원할 것으로 믿었던 당신은 입원 기간이 길어지면서 성화를 냈다. 뜻대로 되지 않자 주위 사람들을 불편하게 했다. 의료진도, 간병사도, 같은 병실 환자도 모두 힘들어했다. 당장 병원을 나가겠다고 어린아이처럼 떼를 썼다. 우여곡절 끝에 가퇴원했다. 며칠 주기로 폐에 찬 물을 빼러 내원해야 하는 문제를 남겨둔 채.

퇴원하자마자 엄마 손을 잡고 "나 만나서 고생 많았다. 미안하고 고맙다."를 반복하며 용서를 구하고 고마움을 표시했다. 비록 '사랑한다'라는 말은 못했지만 그 행간에 충분히 녹아있었다. 당신 삶의 지난했던 구비 길을 돌 때마다 중심을 잡아준 것은 엄마였음을 뒤늦게 알았으리라. 삶을 마무리하면서 아쉬움과 후회가 남지 않은 사람이 있을까. 혼곤히 잠들다 깨어나길 반복하던 당신은 퇴원 일주일 째 날 아침에 목욕을 원했다. 면도까지 말끔하게 마친 다음 날 새벽, 꿈결처럼 '잘 살아라. 잘 지내라'라는 말을 남기고 마침내 다른 세상으로 떠났다.

이 땅의 크고 작은 것들을 끊임없이 순환시키네 / 이것이 삶의 순환 / 모두를 움직이게 하는 것 / 절망과 희망 속에서도 / 믿음과 사랑 속에서도 / 우리의 자리를 찾을 때까지 / 매듭을 풀 수 있을 때까지 / 그 순환 속에서 - 〈라이온 킹〉 OST '삶의 순환'의 마지막 구절을 읊조려본다.

끝은 소멸이자 새로운 시작이다. 그것이 삶의 순환이 아닐까. 체로키 인디언처럼 12월이 또 다른 세상으로 가기 위한 달이라면 죽음 또한 그럴 것이다. 이승과 저승 사이에 있는 죽음, 그것은 다른 곳으로 가기 위한 시간이 아닐까. 이제 아버지는 저쪽 세계에서 다시 태어나리라. 겨울을 지나 봄이 오는 것처럼.

아흔한 해 아버지의 에필로그를 읽는다. 빈 의자에 기대어 있던 햇살이 설핏해진다. 이제 조금씩 당신의 시간도 옅어지리라. 하지만 봄바람이 불면 정원에는 다시 금어초가 피어날 것이다. 분홍 입술을 내밀며.

꽃이 머물다 간 곳엔 자태와 향기가 있고,

빈집엔 오랫동안 살았던 사람의 온기가 남아 있다.

모든 사물은 자신의 흔적을 남긴다.

시간이란 흔적은 오래 지워지지 않아서

그리움이 배어나는지도 모르겠다.

맺 음 말

    아내의 책이 나왔다. 8년간, 아니 그보다 더 오래 전부터 써오던 글이 세상에 나오게 되어 기쁘다. 내가 책을 냈을 때보다 더 기쁜 것은 그동안 애써온 것을 옆에서 지켜보면서 알고 있기 때문이다.

    부분적으로 알고 있던 아내의 고향, 가족 그리고 자신의 이야기가 담긴 글을 보고 아내를 더 깊이 알게 되었다. 나의 이야기도 많았다. B학점은 될 줄 알았는데 겨우 낙제를 면할 정도였다.

    부부로 살아오면서 안 맞는 이유도 알았다. 책을 좋아하는 것은 비슷했지만 보는 책이 달랐다. 나는 고전과 철학서 그리고 실용서를, 아내는 문학서적을 좋아했다. 그래서 세상을 대하는 태도와 생활방식이 달랐고 사용하는 언어가 달랐다. 이 책에 나오는 상당수의 용어가 생소한 것은 그래서일 것이다.

    아내의 내면에 상처받은 아이가 있다는 것을 알게 되었다. 충분히 인정받으면서 자란 내가 도저히 이해하지 못하는 부분이었다. 이제야 긴 세월 동안 부딪치고 살아야 했던 이유를 알았다. 그중에는 내가 야기한 부분도 있어 무거운 책임을 느낀다.

    아내가 글을 쓰면서 한계에 부딪칠 때 필요한 책을 소개한 적이 많다. 자상하진 않지만 알맞은 시기에 도움을 주었다. 우리는 서로의 성장을 도우며 도반으로 함께 하고 있다.

아내는 거의 매년 한 권씩 쓰는 나를 곱게 보지 않았다. 자신은 한 권을 쓰더라도 제대로 된 책을 내겠다는 생각이 강했다. 한 꼭지를 가지고 몇 달을 고심하고, 어떤 것은 반년 이상 끌기도 해서 "그 시간이면 책을 한 권 쓸 수 있겠다" 말한 적이 있었다. 지금 생각하면 그 말을 하지 말아야 했다.

삶은 고통의 연속이며 그 속에서 잠시 기뻐하는 것이 본질이다. 어제 산에서 운 새는 오늘 물에서 울지 않는다. 아내가 힘들게 상담 심리학을 공부한 것은 자기치유를 위한 것이 아니었을까. 아내가 과거의 고통을 통해서 더 깊어지기를 바란다. 본문에서 한 아내의 말처럼 모든 고통이 없어진 것은 아니지만 그것을 받아들일 수 있게 되길 바란다. 그리고 많은 독자들도 이 책을 통해 그런 것을 체험할 수 있었으면 좋겠다.

저자와 함께 오래 살았지만 아직도 서툰,
작가 겸 유쾌한 삶 연구가
김 달 국